자리
찾기
시간

자리
찾기
시간

범유진
소설집

청색종이

자리 찾기 시간

범유진 소설집

자리 찾기 시간

이 사람들은 쉽게 이곳에 올 수 있었을까.

은혜는 약국 안을 서성였다. 약국 접수처에 처방전을 낸 후 앉아 기다릴 곳을 찾았지만, 약국 안의 의자는 모두 차 있었다. 은혜는 의자 주변을 서성이다, 결국 밴드가 걸려 있는 진열대 옆에 등을 대고 섰다.

은혜의 소변에 피가 섞여 나오기 시작한 건 일주일 전이었다. 그 전부터 몸이 안 좋다는 것은 느끼고 있었다. 서 있으면 배가 당겼고, 내장 어딘가에 실을 달아 아래로 잡아당기는 듯한 통증에 깊게 잠을 이루지 못했다.

그럼에도 병원에 가기를 미루었던 건 단지 일주일에 휴일이 한 번뿐이라서, 그 휴일이면 어머니의 식당 일을 도우러 가야 해서만은 아니었다. 배보다는 발이 더 아파서였다. 오전 열 시부터 오후 여덟 시까지, 점심시간에 휴게실에 앉아 잠깐 동안 점심을 먹는 이십여 분을 제외하고 은혜는 열 시간 남짓을 서서 일했다. 삼여 년 전, 처음 일을 시작할 때에는 240밀리 유니화를 주문했던 은혜는 이제는 245밀리를 주문했다. 발이 부어서 정사이즈를 신으면 걸을 수가 없게 되어서였다. 손님 얼굴에 메이크업을 해주고 제품을 권하는 동안에도, 은혜는 머릿속으로 내내 의자만을 떠올렸다. 가끔은 앉아 있는 손님과 눈을 맞추기 위해서인 척, 바닥에 한쪽 무릎을 대고 꿇어앉았다. 그나마도 매니저가 눈치를 주지 않을까 신경 쓰여서 얼른 일어났다. 퉁퉁 부은 발은 저녁때면 감각이 사라졌다. 진짜 아픔은 아픈 것조차 알 수 없게 되는 것임을 알고 있지 않았다면, 은혜는 감각이 사라진 발이 고통스럽다는 것을 몰랐을 수도 있었다. 그러나 은혜는 그것을 알았기에 자신의 발에 부채의식을 가졌다. 그러니 일주일에 단 한 번뿐인 휴일을 신체 중 한 곳을 위해 소비한다면, 그것은 당연히 발을 위해서여야 했다.

은혜는 종합쇼핑몰의 화장품 판매 코너에서 일했다. 화장품 코너 앞에는 슈퍼마켓이, 옆에는 즉석 베이커리 코너가 있었다. 은혜는 베이커리에서 일하는 직원이 부러웠다. 베이커리 직원은 저녁 다섯 시부터 아홉 시까지 일했는데,

손님이 없을 때면 카운터 안에 놓인 의자에 앉아있는 모습을 종종 볼 수 있었다. 때때로 은혜는 슈퍼마켓 포스기 앞에 선 계산원 중 누군가 앉아 쉬는 베이커리 직원을 빤히 보는 모습을 봤다. 포스기는 모두 세 개였고, 계산원들은 다섯 시간에 한 번씩 교대로 근무했다. 세 군데 포스기 어디에도 의자는 놓여 있지 않았다. 은혜는 저녁때마다 계산원들과 인사를 했지만 그들의 얼굴을 외우진 못했는데, 그들의 얼굴이 모두 은혜 자신과 똑같아 보였기 때문이었다. 은혜는 가끔, 그들 중 몇 명이나 자신처럼 베이커리 직원을 부러워할까 궁금해졌다.

처음 팬티에 피가 묻어 있는 걸 보았을 때, 은혜는 생리가 시작되었구나 하고 대수롭지 않게 여겼다. 그러나 하루가 지나도록 생리대에 묻어난 것은 물기 많은 진분홍색 핏방울뿐이었다. 평소 첫날과 둘째 날이면 은혜에게 물도 없이 약을 씹어 삼키게 만드는 생리통도 찾아오지 않았다. 오히려 배가 당기던 것이 줄어들었다. 은혜는 변기에 앉아 생리대를 노려보다가, 화장실에서 나오자마자 산부인과에 전화를 걸어 진료 예약을 잡았다. 은혜가 쉬는 날인 수요일 오전, 비어있는 진료 타임은 오전 열 시뿐이었다. 열 시에 예약 괜찮으시겠어요, 묻는 수화기 너머 말에 은혜의 대답은 주춤 멈췄다. 누군가 은혜에게 괜찮냐고 물은 것이 오랜만이라 순간 무어라 대답해야 좋을지 알 수 없게 되어 버린 탓이었다.

일주일간, 은혜는 퇴근을 할 때마다 약국 주변을 서성 거렸다. 그러나 임신 진단기는 끝내 사지 못했다. 대신 맥 주 한 캔을 샀다. 맥주 한 캔은 취하기에는 턱도 없는 것이 었기에, 은혜는 매번 한 캔을 더 살까 말까 집어든 캔 옆의 맥주를 슬쩍 손가락 끝으로 밀어보곤 했다. 그러나 두 캔 을 집어든 적은 없었다. 혹시 착상혈이면 어쩌나, 하는 걱 정이 차오를 때면 취하고도 싶었다. 그러나 취하면 한에게 전화를 걸 것만 같아서, 두 캔째의 맥주를 집어들 수가 없 었다. 대신 은혜는 한 캔의 맥주를, 현관에 쪼그리고 앉아 빨간색 현관문을 바라보며 아주 천천히 마셨다.

현관문을 빨갛게 칠한 건 한이었다.

한이 페인트 통을 들고 온 게 십여 일 전이었다. 은혜가 퇴근해 돌아오니, 한은 이미 현관문을 빨갛게 칠해 놓은 뒤였다. 한은 페인트 붓을 들고, 추리닝 앞자락에 빨간 페 인트를 묻힌 채 현관 앞에 쪼그려 앉아 문을 열고 들어오 는 은혜를 빤히 바라보았다. 은혜는 순간, 시들어버렸던 페페를 떠올렸다. 작고 동그란 잎을 달고 있던 페페로미

아. 은혜는 한의 눈을 피했다.

"연락도 없이 오면 어떻게 해."

"어제저녁에 전화했잖아."

"이건 또 뭐고. 집주인이 보면 어떻게 하라고."

"어제 저녁에, 내가 그렇게 보고 싶다고 울었는데도 넌."

한의 목소리에는 억양이 없었다. 가끔 툭, 툭 단어와 단어 사이가 끊기다 이어졌을 뿐이었다. 끊겨나간 숨들 사이에 가라앉은 울음이, 전날 저녁 수화기 너머에서 흘러나오던 흐느낌이 억양을 만들어냈다.

전날 저녁, 한은 은혜에게 전화를 걸어 울었다. 은혜가 너무나 보고 싶다고, 제발 만나러 와 주면 안 되겠냐고 흐느꼈다. 수화기 너머 한의 울음소리는 아득히 먼, 그러나 한 번도 멀어진 적 없는 과거를 생생하게 칠해 은혜의 앞에 가져다 놓았다.

"나도 바쁘고 너도 바빠. 그뿐이야."

"나와 너, 연인 사이는 맞는 거니."

"네가 시험에 합격할 때까지 정해진 날짜에만 만나자고 한 건, 너였어."

"넌 내가 견딜 수 없이 보고 싶어진 밤이 있긴 해?"

은혜는 대답 없이 신발을 벗고, 화장실에서 걸레를 들고 나와 바닥에 튄 페인트를 문질러 닦았다. 아무리 힘을 주어 닦아도 닦이지 않았다. 그래도 은혜는 더 힘주어 눈앞의 빨간 색을 없애는 데에만 집중했다. 그렇지 않으면 금방이라도 입 밖으로 툭, 미안하다는 말이 나와버릴 것만 같았다.

결국 무엇도 닦아낼 수 없었다.

은혜는 한에게 씻기라도 해, 라고 말했다. 한은 기계처럼 빳빳한 몸짓으로 일어나 화장실 안으로 들어갔다. 한이 씻는 사이 은혜는 라면을 끓였다. 한은 라면이 다 끓은 후에도 한참이나 나오지 않았다. 불어터진 라면은 은혜 혼자 먹었다. 한은 은혜 앞에 발가벗은 채 앉아 있다가, 은혜가 라면을 다 먹자 턱을 붙잡고 키스를 했다. 콘돔이 없어. 짧은 키스 후 은혜의 말에 한은 헛웃음을 지었다. 은혜는 그 웃음이 보기 싫어 한의 등에 팔을 둘렀다. 섹스를 하는 것 말고 화해를 하는 방법이, 은혜에게는 떠오르지 않았다.

다음 날 아침, 한은 현관문을 열기 전 은혜를 꽉 끌어안고는 말했다.

"넌 왜 내게, 아무것도 이야기를 안 해 줄까."

계단을 올라가는 한의 뒷모습을 은혜는 한참이나 바라보았다. 안쪽으로 휘어진 안짱걸음도, 바지가 꽉 끼게 살이 찐 허벅지도 낯익었다. 은혜는 집 안으로 들어와 다시 걸레를 집어 들었다.

은혜와 한은 스물두 살부터 칠 년간 사귀었다. 선배의 부탁으로 나갔던 내키지 않은 소개팅 자리에서 한을 처음 보았을 때, 은혜는 한과 엮인다면 영영 떨어질 수 없을 것임을 알았다. 한의 눈가는 젖어 있었다. 울지 않아도 우는 듯 보이는 눈을 가진 사람들. 슬픔을 밖으로 쏟아내야만 살 수 있는, 물 냄새 가진 사람들. 은혜는 그 내음이 지긋지긋했고, 그래서 한과 커피 한 잔만 마시고 헤어지려 했다. 그러나 은혜는 물기 어린 한의 눈을 외면할 수 없었고, 결국 술을 마셨다. 술에 취한 한은 술집 테이블 위에 놓여 있던 케첩으로 은혜의 손등에 빨간 점을 찍었다. "뭐야. 이건." "난 내 마음에 드는 거에는 이렇게, 붉은 칠을 하고 싶어져. 붉은색은 나쁜 일을 막아준대. 엄마는 그래서, 병실에 늘 붉은 석류를 놓아두곤 했었어." 물 냄새 나는 남자가, 붉은색을 좋아할 줄은 몰랐다. 은혜는 그때에 한과 엮이고 싶어졌다. 지긋지긋해도 어쩔 수 없는 끌림이었다.

칠 년간, 은혜는 한에 대해 많은 것을 알았다. 한의 어머니가 고등학교 때 세상을 떠난 것, 군대에서 선임에게 돼지라고 괴롭힘을 당한 것, 군대에 있는 동안 은혜가 보내

준 편지를 지금까지 모두 모아 두고 있다는 것, 대학을 나와 서른 번 취직 면접에서 떨어진 것, 그때마다 아버지에게 맞았다는 것, 대학을 졸업하자마자 빨간 것이 하나도 없는 아버지의 집을 나왔다는 것, 공무원 시험 준비를 하러 부산에 내려간 것, 한의 괜찮다는 말은 겁에 질린 고양이가 몸을 크게 부풀리는 것과 같다는 것, 불안이 머리끝까지 치솟을 때면 은혜에게 전화를 건다는 것, 아이를 가지고 싶어 한다는 것, 그리고 은혜와 결혼하고 싶어 한다는 것까지도 알았다. 한은 언제나 은혜에게 자신의 모든 것을 말하지 못해 안달을 냈다.

바닥을 문질러 닦던 은혜는 한의 엉덩이선을 따라 둥그렇게 줄지어 선 페인트 자국에 손을 멈추었다. 은혜의 입가에 설익은 웃음이 걸렸다.

미안하다고 말하고, 있는 힘껏 껴안아 줄 수 있었다면.

차라리 울지 않았다면 그렇게 해 줄 수 있었을 터이다. 바랜 줄 알았던 과거의 색이 그토록 선명해지지만 않았다면, 발목 아래에서 넘실거리던 그날의 다짐이 머리 위로 솟아올라 숨차게 만들지만 않았더라면.

다짐이 저주가 되는 일도 있을까.

바닥에 묻은 붉은 자국은 결국 지워지지 않았다.

　방광염입니다, 하는 말에 은혜는 고개만 끄덕였다. 화장실 가는 거 참는 버릇 있으면 고치고, 요의가 자주 느껴질 텐데, 화장실 갈 때마다 소변이 안 나올 건데, 억지로 배출하려고 하면 그것도 안 되고. 면역력이 좋아져야 하니깐 푹 자고 잘 먹고, 하는 의사의 말은 흘려들었다. 은혜가 일하는 쇼핑몰의 직원 화장실은 2층에 딱 하나뿐이었다. 매니저는 화장실은 오 분 안에 신속하게 다녀올 것, 을 강조하곤 했다. 지하 1층에서 일하는 은혜가 2층 화장실을 오고 가기에 오 분은 너무 짧았다. 그렇다고 손님용 일반 화장실을 쓸 수는 없었다. 직원 유니폼을 입은 채 일반 화장실을 쓰다가 매니저에게 들키면 경고를 받았다. 경고가 쌓이면 근무평가가 떨어질 터였다. 그럼 매니저로 승진하는 날은 점점 멀어질 거였다. 가끔 은혜는 자신의 발이 퉁퉁 부어 설 수 없게 되는 것이 먼저일까, 아니면 매니저가 되는 것이 먼저일까 생각하곤 했다. 하지만 이제는 방광이 언제까지 버틸까도 걱정해야 했다.

　"푹 자고 잘 먹고."

　은혜는 약국 벽에 기대선 채 의사가 했던 말을 따라 해

보았다. 푹 자고 잘 먹는다는 게 어떤 것인지 알 수 없었다. 예약 괜찮으시겠어요, 하는 말이 낯설게 들렸던 것처럼. 은혜는 약국 안을 둘러보았다. 여전히 의자는 꽉 차 있었고, 은혜의 이름을 부를 기미는 보이지 않았다. 대신 은혜의 주머니 속 핸드폰만 연속으로 울려댔다. 은혜는 주머니 속 핸드폰을 검지로 툭툭, 쳤다. 한에게서 걸려온 전화라면, 첫 말을 무어라 해야 할까 싶었다. 현관문을 붉게 만들고 떠난 이후, 매일 걸려오던 한의 전화는 뚝 끊긴 채였다.

하지만 액정에 뜬 이름은 한이 아니었다. 엄마였다. 은혜는 통화 버튼을 눌렀다. 은혜야. 은혜의 이름을 부르는 엄마의 목소리는 건조했다. 남동생과 통화할 때에는 뚝뚝 물이 흘러내리듯 길게 늘이는 말끝도 은혜와 통화할 때면 뚝 잘린 종유석 끝처럼 날카롭게 잘려나갔다. "왜 안 와. 너 오늘 쉬는 날 아냐." 엄마. 이번 주에는 병원에 가야 해서 식당일을 도우러 가지 못할 거라고 얘기했었잖아. "일주일에 한 번 일 도와주러 오는 게 그렇게 싫니. 하여간 첫째라고 있는 게 모범이 안 돼." 미리 연락했었다니깐. 엄마가 기억 못 하는 것뿐이야. 엄마는 내가 무슨 말을 하든 기억을 못 하잖아. 동생 군대에서 휴가 나올 날은 척척 잘도 기억하면서. "네 동생이 군대만 안 갔어도, 나 혼자 이렇게 고생은." 엄마. 걔는 군대 가기 전에도 가게 일을 도운 적이 없어. 떠오르는 말들을 내뱉는 대신, 은혜는 신발 안에서 발가락을 꼼지락거렸다. 한 치수 더 큰 운동화를 사야 할까 싶었다. 오후에 갈게, 라고만 말하고 은혜는 전화를 끊었다.

오랜 동안, 엄마는 은혜에게 화를 내고 있었다. 은혜가 엄마가 원하던 대학 진학을 포기하고 전문대에 진학했을 때, 은혜가 엄마에게 말하지 않고 이혼한 아빠의 재혼식에 참석했을 때, 엄마가 소개해 준 선 자리를 거절하고 취직을 했을 때, 무작정 짐을 싸 집을 나왔을 때.

왜. 그 순간들마다 엄마는 그렇게 물었다. "네게 모든 것을 다 해줬어. 그런데 넌 점점 이상해져만 가는구나. 내 딸이지만, 난 너를 이해할 수 없어."

왜. 그 순간들마다 은혜도 엄마에게 묻고 싶었다. 그러나 묻지 않았다. 은혜는 단지, 언젠가 은혜를 향한 엄마의 목소리가 공중에서 버석버석 말라 떨어질 정도로 말라버리기를 바랐다.

그렇게 되면, 그때야말로.

드라마나 영화였다면 이 전화가 끊기는 순간, 한에게서

전화가 올 텐데. 은혜는 핸드폰의 액정을 다시 툭툭, 쳤다. 지금 전화가 걸려오면, 한에게 무엇이든 이야기를 할 수 있을 듯만 했다. 엄마의 목소리를 들은 날에는 그랬다. 귀를 통과한 메마름이 배 안까지 번져나간 듯 갈증이 났고, 그 메마름을, 아주 오래전부터 꾸역꾸역 쌓아 올려놓은 것까지 뱉어내고 싶어졌다. 그래서 은혜는 어머니를 만나러 다녀온 날에는 누구와도 전화하지 않고, 누구와도 만나지 않고 저녁 내내 방에서 이불을 둘러쓰고 앉아 하루가 지나가기만을 기다렸다.

만약 지금 전화가 온다면, 나는 너에게 무슨 말부터 하게 될까.

은혜의 입안에서 몇몇 단어들이 굴러다녔다. 데굴데굴 굴러떨어진 단어들을 치워버리고, 혓바닥 위에 남은 것들을 이어 내었다. 친구가, 있었는데.

나에게는, 진희라는 이름의 친구가 있었어.

그 한마디를 누군가가 아닌 한에게 할 수 있다면.

은혜는 진희의 얼굴을 떠올려 보려 했다. 어렸던 친구의 얼굴은, 이제는 뚜렷이 기억나지 않았다.

오직 하나.

물기 어린 눈매만이 떠올랐다가 가라앉았다.

*

은혜와 진희는 같은 초등학교를 다녔다. 삼 학년, 같은 반이 되었을 때부터 은혜는 진희가 좋았다. 눈물이 떨어질 듯한 진희의 눈매가, 그 눈매에서 새어나오는 물 냄새가 좋았다. 은혜의 어머니에게서 나는 것과 같은 냄새. 진희와 함께 있을 때면, 은혜는 어머니의 옆에 찰싹 달라붙어 있는 듯한 안정감을 느꼈다. 어머니의 옆은 보통 은혜의 것이 아니었다. 네 살 어린 남동생의 것이었다. 은혜가 어머니를 껴안거나 달라붙으려 하면, 어머니는 귀찮다는 듯 은혜의 이마를 손바닥으로 밀어내었다. "다 큰 게 징그럽게." 그러나 동생은 언제나 엄마의 허리를 붙잡고 누워 있을 수 있었다. 고작 네 살 차이인데, 나는 징그럽고 동생은 징그럽지 않다는 걸까. 은혜는 그렇게 따지고 싶었지만, 입 밖으로 내지는 않았다. 어머니의 차별이 나이 때문이 아니라는 것을 이미 알아서였다. 어머니의 물기 어린 눈 안에 자리 잡은 것이 동생뿐이었기에, 그 단순한 이유임을 은혜는 깨닫고 있었다. 은혜는 그 눈 안에 한 발이라도 들이밀고 싶어 안절부절못하는 자신이 미웠고, 그럴 때면 진희의 옆에서 가만히 숨을 들이마셨다. 은혜와 진희의 집은 버스로 두 정거장쯤 떨어져 있었지만, 진희는 은혜가 부르면 언제든 나와 주었다.

은혜와 진희는 은혜네 빌라로 이어지는 골목길, 도로와 빌라를 분리하는 담벼락에 걸터앉아 이야기를 나누었다. 좋아하는 만화영화부터 연예인, 선생님의 험담 같은 소소한 이야기를 하며 수다를 떨었다. 가끔은 말없이 나란히 앉아 담벼락 아래로 다리만 흔들고 있기도 했다. 있잖아, 하며 이야기를 시작하는 건 거의 대부분 은혜였다. 은혜는 진희에게 모든 것을 털어놓았다. 주말에만 집에 돌아오는 아버지가 어색하다는 것, 엄마가 좋은데 엄마는 은혜를 좋아하지 않는다는 것, 네 살 어린 남동생이 밉다는 것, 엄마는 자주 울고 엄마가 울 때마다 어떻게 해야 좋을지 몰라 쩔쩔매게 된다는 것까지도. 진희는 은혜가 무엇을 이야기하든 들어 주었다.

그에 비해 진희는 자신의 이야기를 거의 하지 않았다. 은혜가 진희에 대해 알고 있는 건 여동생이 있다는 것, 아버지가 버스 운전을 한다는 것 정도였다. 그것도 진희가 직접 말해준 것이 아니라, 운동회 때 다른 아주머니들의 대화를 통해 알게 된 것이었다.

학년이 올라가고 반이 갈렸지만, 둘은 여전히 단짝이었

다. 은혜는 진희의 옆만이 온전히 자신의 것이라 여겼다.

열 두 살의 봄, 은혜는 집에서는 끊임없이 잔기침을 했다. 학교에서는 괜찮다가도, 집에만 들어가면 갈증이 일면서 마른기침이 터져 나왔다. 숙제를 할 때에도, 밥을 먹을 때에도 콜록거렸다.

"감기면 약을 먹어. 동생한테까지 옮기지 말고."

엄마가 물기 어린 눈매로 은혜를 힐끔 보고, 다시 동생의 숙제를 봐주는 데만 집중할 때면 잔기침은 더 심해졌다. 이주쯤 지나자 잦은 기침 때문인지, 턱 아래가 부어올랐다.

어느 날 진희가 화분을 선물해주었다. 한 손으로도 잡을 수 있게 조그마한 화분 안에는, 진희의 얼굴을 닮은 동그란 잎을 가진, 키 작은 식물이 심어져 있었다.

"페페라고 해. 페페로미아. 줄여서 페페. 애를 방에 놓고 자. 애가 공기를 좋게 해줘서, 기침을 덜 하게 해 줄 거야."

은혜는 화분을 받아들었다. 페페가 기침을 멎게 해 줄 거란 기대는 하지 않았다. 식물을 좋아하지도 않았다. 그러나 식물을 애, 라고 부르는 진희가 좋았다. 은혜는 화분을 자신의 책상 위에 놓았다.

책상에 앉아 페페를 보고 있는 동안에는, 집 안에서도

기침이 나오지 않게 되었다.

은혜와 진희는 각각 다른 중학교로 배정되었다. 초등학교 졸업식 날, 은혜와 진희는 처음 만난 열 살 때 했던 것처럼 다시 한 번 새끼손가락을 걸었다.

우리는 영원히 친구야. 영영 영원히. 하늘 땅 별 땅 손가락 걸고 약속.

유치하지만 신비한 주문.

페페는 목이 말라 죽었다.

은혜가 중학생이 되고 첫 중간고사를 치르기 전, 아빠와 엄마는 이혼을 했다.

아빠와, 얼굴 모르는 아빠의 연인이 마주보고 앉아 있을 테이블에도.

엄마와 동생이 함께 앉아 있는 식탁 앞에도.

어느 풍경에도 은혜가 앉을 자리는 마련되어 있지 않다는 불안은 은혜를 비굴하게 만들었다. 은혜는 집안일을 도맡아 하기 시작했다. 밤을 새워 시험공부를 했다. 필요한 아이가, 데리고 있으면 쓸모 있다 여겨질 만한 아이가 되어야만 했다.

진희에게 전화가 걸려온 건 중간고사를 하루 앞둔 날이었다. 저녁 여섯 시쯤이었다. 은혜는 바빴다. 동생이 학원에서 돌아오기 전에 간식을 준비해 두어야 했고, 다음날 시험 과목의 요약정리도 한 번 더 훑어봐야만 했다. 세탁기도 돌려야 했다. 아빠와 이혼하고 식당에서 일하기 시작한 엄마는, 집에 돌아왔을 때 빨래가 되어 있지 않으면 은혜에게 짜증을 냈다. 엄마가 어떤 말로 짜증을 내든, 그 말은 은혜에게는 모두 똑같이 들렸다. 넌 필요 없어, 하고.

"지금 잠깐 만날 수 있어?"

은혜가 전화를 받자마자, 진희는 불쑥 그렇게 말했다. 진희가 먼저 만나자고 하는 것은 처음이었다. 은혜는 망설였다. 손에 들고 있는 요약 노트가, 쌓여있는 빨래가, 곧 시작될 동생의 칭얼거림이 선뜻 그러자는 대답을 하지 못하게 만들었다.

"우리 학교는 내일부터 시험이라서…….나 오늘 좀 바빠."

"잠깐도 안 돼? 잠깐, 잠깐이라도."

눈앞에 있지 않아도 울고 있다는 걸 확신할 수 있을 정도로 수화기 너머 진희의 목소리가 일그러졌다. 은혜는 놀랐다. 알고 지냈던 5여 년 동안, 은혜는 진희가 우는 걸 본 적이 한 번도 없었다. 은혜가 수화기를 든 채 굳어있는 사이, 진희의 울음소리는 조금씩 더 커졌다. 끄윽, 목 졸린 듯한 숨소리를 듣고서야 은혜는 진희를 달래 주어야 한다는 것을 알았다.

"미안해. 진짜 미안해. 지금 만날까? 어디야? 집이야? 내가 너희 집으로 갈게. 아, 근데 나 너희 집 주소를 몰라. 아니면 우리 학교에서 만날까. 진희야. 듣고 있어?"

울음소리는 조금씩 작아졌다. 하지만 진희는 아무 말도 하지 않았다. 은혜는 계속해서 미안하다는 말만을 했다. 미안해, 미안해. 미안해…….전화는 끊겼다. 은혜는 곧바로 다시 진희에게 전화를 걸었다. 그러나 진희는 받지 않았다. 동생이 현관문을 열고 들어와 더이상 전화를 걸 수가 없었다. 은혜는 동생에게 간식을 챙겨주고, 방에 들어와 초등학교 때의 긴급 연락망을 찾아보았다. 없었다. 중학생이 되었을 때 버렸을 거였다. 그래도 은혜는 미련을 버리지 못하고, 책꽂이의 뒤에까지 긴 자를 넣어 긁어내 찾아보았다. 그게 아니면 진희의 집 주소를 알 수 있는 방법은 떠오르지 않았다.

삼십 센티 긴 자에 먼지만 잔뜩 붙어 나왔을 때, 은혜는 페페를 보았다. 책상 위 놓인 화분에 언제 물을 주었던가 싶었다. 엎드려 있던 몸을 펴 페페를 보았다. 페페의 입은 누렇게 말라붙어 있었다.

목말라 죽었을 것이다. 울다가 온몸에 물이 빠져, 죽어 버린 것이다. 은혜는 살짝, 엄지와 검지로 페페의 입을 문지르듯 만졌다. 물기 없는 이파리는 소리도 없이 부서져 버렸다.

다음 날도, 그 다음 날도 진희는 전화를 받지 않았다.

중간고사가 끝나던 날, 은혜는 진희의 학교 앞으로 찾아갔다. 교문 앞에서 내내 기다렸지만, 진희는 만날 수 없었다. 은혜는 학교가 끝나고 나오는 아이들 틈을 거슬러 올라 학교 안으로 들어갔다. 혼자 다른 교복을 입은 은혜를, 몇몇의 아이들이 힐끔거렸다. 은혜는 최대한 몸을 웅크리고 일 학년 교실이 모인 일층 복도까지 가 섰다. 일 학년 일 반. 은혜네 학교와 그다지 다를 것 없는 교실의 문패가 무척이나 낯설게 보였다.

"김진희라고, 있어?"

은혜는 일 반 교실 문을 나오는 아이 앞을 가로막고 물었다. 없어, 우리 반에 그런 애. 성의 없는 대답은 일 반부터 오 반까지 이어졌다.

"진희. 아, 그 얼굴 동그란 애."

육 반까지 가서야 은혜는 진희의 부스러기를 찾아냈다.

"알아. 걔. 근데 왜 여기서 찾아. 전학 갔잖아. 어제."

"전학?"

"우리도 말만 들었어. 반 애들한테 인사도 안 하고 갔단 말이야. 어차피 걔, 반에 친구도 없으니깐……애는 참 착했는데. 그래도 좀 그렇잖아."

"좀 그렇다니, 뭐가?"

"아무리 교통사고였어도 걔네 아빠가 사람 죽인 셈이잖아. 그것도 세 명이나. 버스 뒤집어진 거 못 봤어? 텔레비전에도 나오더라."

은혜는 처음 보는 아이가 하는 이야기를 전혀 알아들을 수 없었다. 그것은 분명 진희에 대한 이야기였는데. 진희와 가장 친한 것은 은혜 자신이었는데. 은혜는 왔던 길을 되돌아, 낯선 복도를 걸어 나왔다.

미안해. 미안해. 미안해.

복도가 끝나고 운동장을 가로질러 교문을 빠져나와, 낯선 교복을 입은 아이들 틈에 섞여 버스를 타고, 초등학교 앞 정류장에 내릴 때까지 은혜는 계속 중얼거렸다. 아무도 없는 초등학교 교문에서 집으로 이어지는 골목으로 내려가, 언제나 앉던 담벼락 위에 혼자 앉았다. 은혜는 진희와 나란히 앉아 있었던 마지막 날을 떠올렸다. 그때에 어쩌면, 진희의 입술은 달싹이고 있었을지도 몰랐다. 은혜가 너무 많은 말을 쏟아내어서, 진희는 하려 했던 말을 못했던 것인지도 몰랐다. 수많은 '몰랐던 것들'이 은혜의 숨을 헐떡이게 만들었다.

"미안해."

아무리 미안하다 말해도 진희는 이곳으로 돌아오지 않을 것이다. 은혜는 담벼락에 웅크리고 앉아 다짐했다.

다시는 누구에게도 미안하다는 말을 하지 않으리라, 고.

수신인 없이 길에 버려져야 했던 수많은 '미안해'들이 주인을 찾아갈 때까지.

누구의 옆에서든 온전한 자리를 바라지 않겠노라고.

그것은 은혜가 할 수 있었던 유일한 속죄였다.

*

나에게는 진희라는 이름의 친구가 있었어. 있었는데.

만약 한에게 진희에 대한 이야기를 한다면, 그렇게 말을 꺼낸 후에 어떻게 이야기를 이어갈 것인가. 은혜는 운동화 속 발가락을, 다시 꼼지락거렸다. 그사이 부어오른 발가락은 은혜의 뜻대로 움직이지 않았다. 은혜는 벽에 등을 대고 있던 그대로, 미끄러지듯 아래로 몸을 숙였다. 쪼그리고 앉아 운동화 압축을 꾹, 눌러 보았다.

"아가씨. 비켜. 밴드를 집을 수가 없잖아."

무언가 뾰족한 것이 은혜의 허벅지를 찔렀다. 은혜는 자신의 허벅지를 찌르는 지팡이를 봤다. 지팡이를 든 할아버지는 다시 한 번 꾹, 은혜의 허벅지를 찔렀다.

"젊은 것이 뭐 힘들다고."

할아버지는 은혜를 밀치고 은혜 뒤에 놓인 진열대에서 손에 붙이는 밴드를 하나 집어 들고 계산대로 갔다. 은혜는 엉거주춤 섰다. 발이 아파서 앉아있었던 건데, 라고 말할걸. 그렇지만 발은 양말과 운동화에 쌓여 보이지 않으니깐, 그렇게 말해도 믿어주지 않았을 거라고, 은혜는 손바닥으로 찔린 허벅지를 쓸었다.

보이지 않는 타인의 아픔을 알아차리는 사람은 없다.

진희가 사라지고 은혜는 내내 앓았다. 가끔은 몸 전체에 열이 차오른 듯 어지러웠고, 가끔은 눈앞이 흐릿해질 정도로 눈물이 차올랐다. 그렇지만 울려고 하면 눈꼬리만 따끔하게 저릴 뿐 눈물은 나오지 않았다. 은혜는 집에서도 학교에서도 내내 멍하니 앉아 있기만 했다. 반 애들은 은혜가 미쳤다고 놀렸고, 엄마는 화를 냈다. 대체 왜 그러는 건데, 왜. 그때마다 은혜는 되묻고 싶었다. 왜. 왜 내가 이렇게 아프도록 슬픈 걸 모르는 거죠. 그러나 누구에게 물어야 할지 알 수 없어서, 은혜는 그저 참았다. 나중에는 열이 오르면 꾹 눌러 아래로 내려보내는 법을 익혔다. 한해, 또한 해가 지나면서 내려보낸 열은 은혜의 발아래에 쌓여 굳어갔다. 잘게 쪼개진 유리조각처럼 발목 아래에서 절그럭거렸다.

그 모든 것에 익숙해졌을 터였다. 그런데 왜. 은혜는 다시 핸드폰 액정을 들여다보았다. 통화 목록에 떠 있는 한의 이름을 누르려다, 멈추고, 누르려다, 멈췄다. 소금쟁이가 물 위에 흩뿌린 입자와 같은 자국들이 은혜의 핸드폰 액정에 새겨졌다. 지문 모양을 따라 둥글게 흩뿌려진 자국들을 눈으로 쫓다가, 은혜는 무심히 생각했다. 방광염이 아니라 아이를 가진 것이었다면, 그 핑계로 한에게 전화를 걸 수 있었을 텐데. 지문 두 개를 빙글빙글 눈으로 쫓고 나서야, 흠칫 놀라 액정에서 손을 떼고 꽉, 빈주먹을 쥐었다.

"한은혜 씨."

약국 창구에서 은혜를 불렀다. 은혜는 핸드폰을 손에 쥔 채 창구로 다가갔다. 흰 가운을 입은 약사가 약봉지를 내밀었다. 이쪽이 항생제예요, 하는 약사의 설명을 듣던 은혜의 눈에 약사의 가운에 걸린 이름표가 보였다. 진희. 그

두 글자에 은혜의 발목에 일렁이던 슬픔이 왈칵 치솟아 올랐다.

"미안해."

"예?"

"미안해. 미안해."

"손님. 무슨 일이세요."

약사가 은혜에게 손을 뻗었다. 은혜는 약국을 뛰어나갔다. 미안해. 미안해. 미안해…… 외치며 달렸다. 전해지 못했던 미안하다는 말이, 거리에 마구 퍼져 나가 어딘가에서 진희에게 닿기를 바라며 은혜는 계속해서 외쳤다.

숨을 헐떡이며 집에 돌아온 은혜는 현관에 서서 한이 남기고 간 붉은 자국을 봤다. 의자와도 같은 둥그런 자국. 은혜는 자국 안에 앉았다. 은혜의 반지하 방 창밖으로 사람들의 발소리와 배달 오토바이의 엔진 소리와 반대편 건물의 벽에서 반사되어 들어온 빛과 그림자들이 시간의 궤적을 새겨내는 내내, 앉아 있었다. 주머니 속 핸드폰이 몇 번이고 요란한 진동을 울렸지만, 그것은 은혜의 안 어디에도 닿지 못했다. 은혜는 그저 목마른 페페로미아 화분처럼 한이 남기고 간 물기를 빨아들였다. 붉은 문을 바라보며 천천히.

둥그런 자국 안에서 자리를 만들어갔다.

불러줘

아줌마. 선생님. 현…… 또 뭐가 있더라.

호칭을 하나씩, 연필 끝을 꾹꾹 눌러 적었다. 다른 사람이 나를 무어라 부르는지 쭉 적어보라 한 것은 정신상담사였다.

분식집 아르바이트를 두 시간이나 빠지고 찾아간 상담소였다. 분식집의 시급은 한 시간에 팔천 원이었다. 두 시간만 육천 원. 상담은 한 회에 팔만 원이었다. 십만 원 가까운 돈이 상담 한 번에 사라졌다. 내 한 달 수입의 이십분의 일이었다.

상담은 상상했던 것과는 달랐다. 상담사의 외모부터가 그랬다. 〈굿윌 헌팅〉의 로빈 윌리엄스 같은 인자한 미소의 중년은 어디에도 없었다. 비쩍 마른 상담사의 말투는 건조했다. 이건 비즈니스고, 당신이 내 앞에서 펑펑 울거나 감정을 폭발시키는 일은 없을 거야. 상담사의 일자 입술이 내게 그렇게 말하는 듯했다.

"가끔씩 다른 사람이 저한테 하는 말이 들리지가 않아 요."

"이빈후과는 가 보셨고요?"

"귀에 문제가 있는 게 아녜요. 다른 말들은 모두 다 잘 들려요. 사람들이 저를 부르는 소리만 들리지를 않는다고 요. 방금 접수대에서 제 이름을 불렀다는데, 그것도 들리 지 않았어요. 제가 들은 건 들어가 보세요, 뿐이었다고요. 접수대에서는 분명히 황도현 씨, 들어가 보세요, 라고 했 다고 말했는데 말이에요."

오뎅을 먹던 아저씨가 내게 자신을 무시하냐며, 왜 아 줌마를 불렀는데 자꾸 못 들은 척이냐며 종이컵 안 국물 을 내게 뿌렸다. 국물이 식어 있어 다행이었지, 안 그랬으 면 화상을 입었을지도 모른다. "제가 계산하고 다 해 드렸 잖아요." 사장님이 나와 아저씨 사이에 끼어들었다. "난 저 아줌마를 불렀다니깐, 왜 아저씨가 나서서 그래!" 그러나 그 아저씨가 오뎅을 먹던 십여 분 사이, 내가 들은 것은 주 어 없는 요구들뿐이었다.

요가 학원에 가 수업 준비를 하는 사이, 카운터의 정에게 분식집에서의 이야기를 했다. 어디에나 진상은 있다니깐, 하고 이야기를 끝냈는데 정의 표정이 영 안 좋았다. 정은 잠깐 머뭇거리다 내게 카운터 안으로 들어오라 손짓을 했다. 정은 내게 바짝 붙어 앉아 속삭였다. "실장님이 말하지 말라고 한 건데요. 그래도 알려 드려야 할 것 같아서……. 회원분들 중에 언니가 자꾸 부르는 거 못 들은 척한다고, 기분 나쁘다고 수업 못 듣겠다고 클레임 거신 분들 계세요. 클레임 몇 번만 더 쌓이면 언니 시간대, 다른 강사로 바꿔버릴 거라고 실장님이 그랬어요." "내가? 못 들은 척했다고? 그런 적 없어." "회원분들 말이 그래요. 현 선생님, 하고 몇 번이나 불렀는데 안 봤다고. 근데 한두 분이 아니셔서……." 그때까지만 해도, 나는 실장이 더 싼 시급의 강사를 구인한 것인가 의심했을 뿐이었다.

정신 상담을 받아보자는 결심을 하게 된 결정적인 계기는 남자친구와의 싸움이었다. 일주일에 한 번인 데이트 날이었다. 나는 약속장소인 지하철역 출입구에 서 있었다. 남자친구는 내 앞에 서자마자 화를 냈다. "몇 번이고 불렀는데 왜 못 들은 척해?" "언제?" "방금도 내가 옆에서 불렀잖아!" "못 들었어!" "불렀다고, 내가. ─ 하고." 기묘했다. 남자친구의 입술은 계속 움직이고 있었는데, 내 이름을 부른 부분만이 묶음 처리라도 된 듯 들리지 않았다. "다시 한 번 불러봐." "뭐?" "나 불러 보라고." 남자친구는 어처구니없다는 표정으로 나를 불렀다. 아니, 부른 것 같았다.

집에 돌아와 인터넷을 검색했다. 별별 검색어를 다 집어넣었지만 내 증상과 꼭 같은 것은 찾을 수 없었다. 질문 글을 올렸다. 혹시 심리적인 이유일 수 있으니 심리 상담을 받거나 해 보라는 답변이 달렸다.

심리상담. 그건 서른 살이 되어 갈 때까지 나와 한 번도 연이 닿을 거라 생각한 적 없던 것 중 하나였다. 대학 때 같은 과의 친구가 애인과 헤어진 것이 너무 힘들다고, 심리 상담을 받으러 간다 한 적이 있었다. 나는 속으로 한심하다 여겼다. 하루 네 시간밖에 못 자고 아르바이트를 하며 생활비를 벌고, 꾸역꾸역 수업을 듣고 과제를 해내는 것은 비단 나뿐만은 아니었다. 함께 어울리던 여덟 명 친구들 중 절반쯤은 나와 비슷한 삶을 살았다. 심리 상담을 받으러 간다던 친구는 나와는 다른 삶을 사는 절반 쪽에 속했다. 점심을 먹을 때 만 원 넘는 메뉴 앞에서도 고민하지 않고, 전공 서적을 빌리지 못하면 어쩔 수 없지 하며 서점에 가서 사는 애들 말이다. 그 친구가 하소연을 하는 동안, 나는 비아냥거리고 싶은 것을 참았다. 우울할 틈도 없

는 치열한 삶을 살아보라고,

아무리 생각해도, 대학 때와 비교해서 내 삶이 그렇게 덜 치열해진 것 같지는 않았다. 그래도 나는 다시 인터넷을 뒤져 집 근처 심리상담소를 알아보았다. 또 분식집에서 시비가 걸리기도 싫었고, 요가 수업의 클레임이 쌓이는 것은 어떻게든 피해야 했다. 무엇보다 남자친구와 또 싸우고 싶지 않았다. 작년 공무원 시험에 합격한 뒤, 남자친구는 점점 더 내게 자주 화를 내었다. 공시 붙고 나면 기다리던 여친 헌신짝 취급하더라, 그런 글들을 하도 본 탓에 마음이 조급했다.

"스트레스받을 만한 일 있었나요? 무언가 환경이 달라졌다거나."

"없는데요."

"좀 더 자세히 말해 볼까요."

내가 하는 일.

나는 아침 여덟 시부터 오후 두 시까지 지하철과 붙어 있는 상가 분식집에서 아르바이트를 했다. 오후 두 시까지 일을 하고, 다섯 시까지는 잠을 잤다. 오후 여섯 시부터 아홉 시 반까지는 요가 강사로 일했다. 강사 일은 일주일에 세 번뿐이었다. 강사 일이 없을 때에는 호프집에서 아르바이트를 했다. 나는 강사 일을 좀 더 하고 싶었다. 호프집 아르바이트 시급은 한 시간에 만 원이었지만, 강사는 삼만 원을 받을 수 있었다.

즉 나는 하루 열 시간쯤을 일했다. 그렇게 해서 버는 돈은 한 달 이백여 만원이었다. 정해진 월급이 아니다 보니 달마다 적게는 십만 원, 많게는 오십여만 원까지 수입에 편차가 있었다. 수입은 들쭉날쭉 이었지만, 지출은 고정적이었다. 월세를 포함한 생활비가 백만 원 정도, 학자금 대출을 갚는데 사십만 원, 어머니의 병원비를 보태는데 삼십만 원. 지출은 더 많아지는 달은 있어도, 줄어드는 달은 없었다. 요가 강사 자격증을 처음 땄을 때 욕심내서 들었던 월 오십만 원짜리 적금은 채 석 달도 붓지 못하고 깨야 했다.

자격증만 따면 얼마든지 수업을 맡을 수 있다고, 아직 블루오션이라던 학원의 말을 믿는 게 아니었다. "개나 소나 요가 강사를 하겠다고 덤빈단 말이야. 시간당 삼만 원. 하려면 하고 말려면 마. 더 싸게 구할 수 있는 애들 널렸어." 면접을 보러 갔을 때 체육관의 실장은 내게 그렇게 말했다. 36개월 할부로 끊었던 학원비는 300만 원이 넘었다.

그뿐인가. 요가 강사 일을 하기 위해서는 외모에도 신경을 써야 했다. 요가 강사는 환상을 팔아 치우는 직업이었다. 수많은 요가 강사들이 다리를 벌리고 허리를 비틀어가며 외쳤다. "보세요. 제 날씬한 다리를. 잘록한 허리를. 저만 따라 하면 여러분도 이렇게 될 수 있답니다." 고로 요가 강사는 탄탄하고 멋진 몸매를 가져야만 했다. 여자 요가 강사에게는 풀 메이크업과 세팅된 헤어스타일이 추가로 요구되었다. 나는 아침에는 머리를 질끈 묶고 분식집 아르바이트를 갔지만, 요가 강사 일을 하러 가기 전에는 반드시 드라이를 했다. "현 선생. 머리가 부스스한 게 좀 그렇다." 실장에게 또다시 책을 잡히기 싫어 더 신경을 썼다. 남는 것 없는 장사. 입금된 강사비를 확인하는 날이면 떠오르는 그 말을 눌러 없애려 안간힘을 써야 했다. 자리만 잡히면, 좀 더 수업을 많이 받을 수 있게 될 테니깐, 유명 강사가 되면. 부정을 희석시킬 수 있는 희망의 문구들은 너무나 상투적이고도 적었다.

"그다지 자세하게 말할 게 없어요. 그냥…… 요가 강사예요."

그 모든 것을 줄줄 늘어놓기에 상담시간 한 시간은 너무 짧았다. 상담사는 내게 문제집 같은 것을 내밀었다.

"킴스이고그램하고, 의사소통 성향 검사 진단지입니다."

"이걸로 뭘 하는 건가요?"

"일단 푸세요."

항목들에 체크를 해 나갔다. 학생 때 했던 수많은 검사들이 떠올랐다. 아이큐와 이큐, 적성검사. 수많은 검사들을 통해 이미 나는 알고 있었다. 적당히, 튀지 않는 정도의 결과를 얻어내는 방법을. 그것은 이미 내 손과 머리 깊숙이 학습화된 탓에, 전단지를 푸는 동안에도 발휘되었다. 그림 심리 검사를 할 때에도 마찬가지였다. 상담사는 내게 진단 결과를 떠들었다. 나는 건성으로 고개를 끄덕였다.

"들리지 않는 게 아니라, 들으실 생각이 없으시군요."

"예?"

"아닙니다. 시간이 다 되었네요. 다음에 오시면 무대 최면을 해 봅시다. 예약은 카운터에서 하시면 됩니다. 그리고 혹시 시간이 나시면 다른 사람들이 도현 씨를 부르는 호칭이 무엇이 있는지 한번 쭉 적어 보세요. 그중에 뭐로 불렸을 때 가장 나를 불러주는구나 싶은지도 한번 생각해 보시구요."

상담은 끝이었다. 다음 상담 예약은 당연히 잡지 않았다. 고작 이런 걸 해주고 팔만 원을 받다니. 심리 상담은

요가와 비슷한 곳이었다. 여기에 오면 모든 문제를 해결할
수 있습니다, 라는 환상을 하는 곳.

그렇게 생각하면서도, 나는 상담사가 말한 대로 호칭을
적어나가고 있다. 트레이닝 센터에서 정이 또다시 내게 일
러준 것이다. 오늘도 클레임이 들어왔어요, 라고. 정말 이
런 게 효과가 있을까 싶었지만, 썩은 동아줄이라도 잡고
싶은 기분이었다. 돌아오는 길에 편의점에서 사가지고 온
맥주 한 캔에 취기가 올라오기도 했다.

아줌마. 선생님. 도현 씨. 현아. 처녀. 누나. 딸내미.

그 이상 아무리 해도, 남이 나를 부르는 호칭이 떠오르
지 않았다.

아줌마. 분식집에서 일할 때 듣는 호칭이다. 중년의 여
성을 가리키는 단어. 서른한 살은 객관적으로 중년은 아니
다. 그렇지만 사장님도, 손님들도 모두 그렇게 부른다. 화
장기 없는 얼굴에 질끈 묶은 머리로 나가니 그렇게 보일만
도 하다.

선생님. 요가 수업을 받는 사람들이 나를 부르는 호칭.
정확히는 '김 선생'이다. 내 학생의 대부분은 아주머니들이
다. 김 선생, 내 자세 좀 잘 봐달라니깐. 김 선생. 왜 은이네
엄마만 신경 써줘. '선생님'이라고 불리지만 선생님 대우는

못 받는다. 요가 강사는 서비스를 제공하는 쪽이니깐.

도현 씨. 실장님은 나를 깍듯이 그렇게 부른다. 도현 씨, 살쪘어. 나이도 있는데 살까지 찌면 강사 일 못 해. 존댓말과 반말이 뒤섞인 말들은 결국 무례하다.

현아. 남자친구가 나를 그렇게 부를 때는 정해져 있다. 무언가 짜증이 나거나 부탁할 일이 있을 때, 혹은 만나기 싫은데 억지로 데이트를 할 때. 그래도 나는 남자친구가 내 이름을 불러주는 걸 싫다고 생각한 적은 없다. 야, 보다는 나으니깐. 먼저 고백한 것도 나였고, 더 많이 좋아하는 것도 나였다. 공시 3년간 뒷바라지를 하는 동안 남자친구는 나를 현아가 아닌 '우리 현아'라고 불러주었다. 현아. 우리 현아. 단 두 글자 차이다. 언젠가는 그 두 글자가 다시 붙을 것이다. 아마도.

처녀. 일 년에 서너 번 만날까 말까인가 싶은 집주인과 부동산 아저씨가 나를 그렇게 부른다. 이 호칭은 분명 들리지 않을 거다. 일부러 못 들은 척 한 적도 있으니깐. 아가씨라면 모를까, 처녀라니. 조선시대도 아니고.

누나. 두 살 터울의 남동생은 한 달에 한 번씩 전화를 걸어온다. 그때만 나를 이렇게 부른다. 누나. 엄마 병원비 입금해줘. 엄마는 나를 딸내미라 부른다. 어릴 때부터 그랬다. 남동생은 자신의 이름으로 불렸지만, 나는 딸내미일 뿐이었다. 엄마가 치매 요양원에 입원한 후에도 마찬가지다. 엄마는 병문안을 갈 때마다 가르쳐 준 내 이름은 바로 다음에 잊어버렸고 '딸내미'는 귀신처럼 기억했다. 동생이 나를 부를 때, 엄마가 나를 부를 때 그것은 내게 들릴까. 들리지 않을까.

적어놓은 호칭을 하나씩 살펴보았다. 상담사가 했던 말도 종이 가장 아래 적어보았다. 「뭐로 불렸을 때 가장 나를 불러주는구나 싶은가.」 꾹꾹 눌러 쓴 다음에 동그라미까지 몇 번 쳤다. 그래도 무슨 뜻인지 잘 와 닿지가 않았다.

아무래도 맥주가 한 캔 더 필요하다.

나는 집을 나섰다. 골목 가운데 가로등이 꺼질 듯 깜빡였다. 2년 전, 이곳으로 이사를 왔을 때부터 가로등은 망가져 있었다. 구청에 고장 신고는 하지 않았다. 어차피 2년쯤 지나면 집주인이 보증금을 올려달라고 할 테고, 그럼 이 집을 떠나야 할 터였다. 얼마 안 되는 이삿짐을 쌀 때마다, 나는 대학 때처럼 고시원을 전전하지 않는 것이 어디냐며 스스로를 달랬다.

이사 첫날, 새집에서 이불만 깔고 잠들 때면 나는 소금쟁이의 꿈을 꿨다. 다리에 난 털 때문에 평생을 물 위에 둥둥 떠다녀야만 하는 소금쟁이. 날개가 있어도 제대로 날지 못하는 소금쟁이. 초등학교 과학 시간에 소금쟁이를 관찰했었다. 비커 안 야트막하게 담긴 물 위에서 소금쟁이는 여섯 발에 힘을 꽉 주고 버티듯 서 있었다. 소금쟁이의 다리는 너무나 얇았다. 같은 조였던 남자아이가 핀셋으로 소금쟁이를 들어올렸다. 조금 힘을 준 것만으로, 소금쟁이의 다리는 부러져버렸다. 다리 세 개가 부러진 소금쟁이는 비커 위에서 물에 빠질 듯 비틀거리다 결국 물에 빠져 죽었다.

편의점 앞, 테크에 놓인 의자에 남자가 앉아 있었다. 초록색 플라스틱 탁자 위에는 소주 한 병과 캔 맥주가 세 개 놓여 있었다. 남자는 탁자에 엎드려 무언가 중얼거리고 있었다. 나는 편의점 안으로 들어갔다. 맥주 한 캔을 꺼내 계산대로 가 카드를 내밀었다. 직원이 포스를 찍는 동안, 계산대 앞에 놓인 껌을 집어 들었다 놓기를 반복했다. 물건을 살 때면 언제나, 매장 직원과 눈이 마주치지 않으려 안간힘을 쓰게 된다.

직원이 내게 카드를 건네주었다. 계산대에 내려놓았던 맥주를 집어 들었다.

"저기……. 혹시 황도현?"

누군가 나를 부르는 목소리가 그토록 선명하게 들린 것은 언제가 마지막이었을까. 나는 고개를 들어 눈앞의 직원을 봤다. 편의점 유니폼을 입은 여자는 내 또래로 보였다. 화장기 없는 얼굴과 푸석한 머리카락. 여자는 분식집에서 일하는 때의 나인 듯만 했다.

"황도현, 아니에요? K중학교."

여자의 목소리는 부드럽고 조심스러웠다.

"중학교 때 친구랑 닮은 것 같아서…… 죄송해요. 워낙 좋아하던 친군데 제가 이사 가면서 연락이 끊겼거든요. 닮은 사람 보면 자꾸 물어보게 되네요."

편의점 문이 열리고 남자 한 명이 들어왔다. "교대 늦어서 죄송합니다." "괜찮아요. 정리하고 올게요." 계산대의 여자가 총총걸음으로 가게 안쪽으로 향했다.

여자가 아는 황도현은 내가 아니다. 나는 K중학교를 나오지 않았다. 내 이름을 그리움에 찬 목소리로 불러주는 친구도 없었다. 내가 중학생이 되었던 봄, 아빠가 바람이 나 집을 나갔다. 엄마는 차오른 분을 어디에서든 폭파시켰다. 집의 창문을 깼고, 일하던 식당에서는 손님과 싸웠다. 아빠는 이혼을 원했고 엄마는 이혼하지 않겠다고 버텼다. 나는 중학교 내내 아빠와 엄마 사이를 오고 가며 두 사람

몫의 화를 받아들이는 것만으로 지쳐 있었다. 학교에서는 내내 잠만 잤다.

그래도 나는 여자가 가게 끝 선반 모서리를 돌아 사라질 때까지 그 뒷모습을 바라보며 서 있었다. "실례합니다."남자 직원이 내 옆을 지나 진열대를 정리하기 시작했다. 나는 다시 고개를 숙이고 편의점을 나왔다. 편의점 앞 플라스틱 의자에 앉았다. 술에 취한 남자는 여전히 탁자에 엎드린 채였다. 나는 맥주를 땄다.

"누구냐. 누구냐. 누구냐⋯⋯."

남자의 중얼거림은 조금씩 커졌다. 나는 크게 숨을 내쉬고, 여자의 말투를 떠올렸다. 가슴 깊은 곳에 묻어놓았다가 조심스럽게 끌어올려, 깨지기 쉬운 것인 양 혓바닥 끝으로 감싸 속삭였다.

"황도현."

새벽이 되어버린 어둠 속으로 내 이름이 퍼져 사라졌다. 편의점 앞치마를 벗은 여자가 내 앞을 지나갔고, 술에 취한 남자는 끊임없이 누구냐고 물었다. 나는 맥주를 마셨다. 쓰디쓴 한 모금과 함께, 모아 삼켰다.

누구도 불러주지 않는 내 이름까지도.

날개, 날다

인터넷에 한 장의 사진이 올라왔다.

「우리 집 애 등에 이거 뭐임? 꼭 날개 같지 않음?」

흰 말티즈 사진이었다. 사진 속 말티즈의 등에는 분명 작은 날개가 달려 있었다. 어깨에서 이어진 뼈대부터 날개 깃까지 손가락 한 마디 정도의 크기였지만 있어야 할 것은 모두 있었다. 강아지 등의 날개는, 복슬복슬한 흰색 털과는 확연히 다른 깃털의 날카로운 윤기는 사진 속에서 이상하리만치 그 존재감을 드러냈다.

사진은 순식간에 천, 만, 이만이 넘게 리트윗 되었다. 합성을 잘했다고 킥킥대며 웃는 댓글들이 이어졌다. 말티즈의 귀여운 얼굴과 앙증맞은 날개는 확실히 잘 어울렸다. 평일 낮 시간의 졸음과 스트레스가 함께 몰려오는 잠깐 동안을 달래기에 더없이 좋은, 딱 그 정도의 사진으로 보였다. 사진을 올린 사람이 합성이 아니라고 올린 추가 글은 댓글들 사이에 묻혔다.

다른 날개 달린 개 사진이 올라올 때까지만 해도 그랬다.

「사진 보고 우리 집 개 봤는데, 애도 있음. 이거 날개 맞지?」

커다란 래브라도 리트리버의 등에 달린 날개는 말티즈의 것과 비슷하게 작았다. 그 사진을 시작으로 수많은 사진들이 이어지기 시작했다. 어라, 우리 집 개도 날개 있음. 우리 집 개도. 우리 집 개도……. 수많은 종류의 개들이, 수많은 크기의 날개를 달고 사진 속에 나타났다. 작은 치와와가 커다란 날개를 가진 경우도 있었고, 험악한 인상의 테리어가 손바닥 크기만 한 날개를 달고 있는 경우도 있었다. 「전 세계는 날개 달린 개 열풍」이라는 인터넷 기사가 났다. 네티즌들이 경쟁적으로 개에 날개를 합성해 올리고 있다는 내용의 짧은 기사였다. 그때까지도 사람들은 날개 달린 개를 여전히 합성으로 여기고 있었다.

인천 차이나타운 한쪽에 리어카를 세워놓고 타코야키를 팔고 있던 40대의 남자, K도 그랬다. 평일의 차이나타운은 지루할 만큼 한가했고, 아침부터 구워 놓은 타코야키 한 판도 채 팔리지 않은 터였다. K는 타코야키 반죽의 몽 우리를 주걱 끝으로 툭 툭 터뜨리며 핸드폰을 들여다보고 있었다. 각종 포털 사이트와 소셜 계정을 돌아다니며 댓글을 쓰는 것이 K의 소일거리였다. 가끔 자신이 쓴 댓글이 '베스트 추천'에라도 올라가는 날이면 몇 번이고 핸드폰을 들여다보느라 타코야키를 태워먹기도 했다. K는 인터넷에서 '그럭저럭한 대학을 다니는, 집안 넉넉한 여대생' 행세를 하고 있었다. 여자인 척하는 편이 '베스트 추천'에 올라가기가 좋았다. 특히나 '저도 여자지만~'이라는 문구는 베스트 추천을 달아주는 마법의 문구였다.

그날 K는 '날개 개 사진 대전'을 조바심내며 들여다보고 있었다. K에게는 사진을 찍을 개도, 날개를 합성할 실력도 없었다. 새로운 개 사진이 올라올 때마다 치솟아 오르는 '좋아요'의 개수와 사람들의 반응은 K에게 울타리 너머 포도처럼 보였다. 결코 손에 닿을 수 없는, 그러나 먹음직스러워 보이는 포도였다. 저 포도는 어차피 시기만 할 거야, 이야기 속 여우처럼 포기하기에 K는 너무나 한가했다. K는 평소 주변을 서성이던 떠돌이 개를 떠올렸다. 가끔 음식점 쓰레기통을 뒤지는 얼룩무늬 잡종견은 차이나타운의 골칫거리로 통했다.

K는 핸드폰을 부여잡고, 음식점 쓰레기들이 쌓인 건물

뒤쪽으로 돌아 들어갔다. 뜨뜻미지근한 음식점 환풍기가 내뿜는 냄새들 틈을 비집으며 얼룩무늬 개를 찾았다. 그러한 개라도 필터를 좀 입히면, 그럴싸하게 보일 터였다. 날개 합성쯤, 인터넷을 뒤지면 어떻게든 할 수 있지 않을까…… K는 골목 끝에 웅크려 앉은 얼룩무늬 개에게 다가갔다. 타코야키라도 하나 쥐고 왔어야 저 녀석을 꾀어내는 건데. K가 그렇게 생각한 순간이었다.

얼룩무늬 개가 날아올랐다.

개는 자기 몸보다 큰 날개를 활짝 펼치고 펄럭였다. K는 잔 먼지로 퀴퀴한 뒷골목 공기 속으로 개가 떠오르는 것을 봤다. 어두운 골목 바닥에서 빛 속으로 날아오르는 개의 모습은 어딘가, 신성해 보이기까지 했다. K는 허둥지둥 핸드폰으로 그 모습을 녹화했다.

K가 올린 동영상은 사진과는 비교도 되지 않을 속도로 퍼져 나갔다. 한국과 일본, 동남아와 미국, 영국…… 전 세계 인터넷 사이트는 '승천하는 개'로 들끓기 시작했다. 이제까지 합성으로 치부되었던 사진들도 재조명되었다. 사람들은 자신이 기르고 있던 개의 등을 열성적으로 살펴보았다. 날개를 발견한 사람들은 환호성을 질렀고, 발견하지 못한 사람들은 어쩐지 패배자가 된 듯한 기분에 사로잡혔

다. '날개를 가진 개'에 대해 온갖 연구가 시작되었다. 잡지와 방송은 사람들의 열기가 식기 전에 그럴싸한 이유를 내보여야 한다며 연구자들을 들볶았고, 연구자들은 언제나 그랬듯 그 재촉에 보답했다. 날고 긴다는 연구자들 몇몇은 공동으로 '날개 달린 개'에 대한 긴 논문을 발표했다. 백여 페이지에 달하는 논문은 여섯 줄로 압축되어 인터넷 기사에 인용되었다. 그리고 다시 단 두 줄로 요약되어 네티즌들 사이를 떠돌았다.

「개 중에 등뼈가 날개처럼 자라서 날 수 있는 놈들이 있다더라. 어쨌든 날개 가진 개는 특별한 개임. 날개 없는 개 루저. 이왕 기를 거면 역시 날개 있는 개, '날개'가 뽀대가 남.」

사실 그 논문에는 날개가 생겨난 개들은 해방과 자유를 향한 의지가 강할 수 있다는 이론도 실려 있었다. 인간 사회에 적응하는데 진절머리가 난 개들이, 해방의 의지로 인간 몰래 몸을 진화시켜 나갔다는 것이었다. 그러한 진화를 이뤄낸 '날개'들 사이에는 뇌파를 통한 커뮤니케이션이 형성되어 있기에 비슷한 시기에 진화를 이루어 내고 있는 것이 아닌가, 하는 가설도 제기되어 있었다. 실제 개에서 날개가 돋아났다고 사진을 올린 사람들을 역추적한 결과,

70%의 개들이 집을 나가 사라진 것으로 조사되었다.

　하지만 그런 사실은 신문이나 잡지, 방송 어디에도 소개되지 않았다. 일단 종교계의 반발이 있었다. 인간도 아닌 개가, 신의 뜻도 아닌 자발적인 노력으로 진화를 이루어 냈다니 있을 수 없는 일이라며 들고 일어났다. 연구자들 사이에서도 찬반 논쟁이 일었다. 인간을 제외하고 가장 고등한 대화 방식을 가진 동물이라 밝혀진 돌고래도 초음파로 커뮤니케이션을 하는데, 개가 뇌파를 통해 커뮤니케이션을 하다니. 그 정도 진화를 이루어 내려면 개가 종족 번식에 위기를 느낄 정도의 큰 환경적 변화나 재해가 있었어야 할 텐데 그러한 징후가 전혀 없었다는 것이다. '날개'로 변한 개들의 역추적 결과 동물 학대가 의심되는 케이스가 많았다는 반박은 가볍게 무시되었다. 포유류의 몸에서 날개가 돋아날 정도의 진화가 일어나려면 그보다 좀 더 심각한, 전체 생태계를 위협할 만한 사건이 있어야 하지 않겠느냐는 것이 무시의 이유였다.

　설왕설래, 보이지 않는 곳에서 논쟁이 계속되는 동안 세계적으로 '날개'를 기르는 것은 유행이 되어갔다. 사람들은 '날개'를 구하기 위해 혈안이 되었다. 같은 품종이라면 '날개'일수록 비싸게 거래되기 시작되었다. 똥개로 불리던 떠돌이 개들 중 날개가 있는 것을 잡아 팔기 위한 '날개 사냥꾼'들이 활동을 시작했다. '날개'가 되지 못한 애완견을 유기하는 사람들이 늘어나게 되었고, 개를 유기하는 사람들에 대해 강한 규제를 해야 한다는 동물단체의 운동이 곳곳에서 일어났다. 그러나 유기견 보호소는 의외로 개들로 넘쳐나지는 않았다. 유기견으로 들어왔던 개들 중 상당수가 '날개'가 되어서는 훨훨 날아가버렸기 때문이다.

　'날개'가 되지 못한 개들에게 날개 시술을 해 준다는 애완견 성형 시술이 유행을 하기 시작했다. 수술 중 사망률이 80%에 이른다는 것이 폭로되기 전까지, 이 시술은 비싼 가격에도 제법 성행했다. '날개'를 기르게 된 사람들은 '날개'의 날개를 근사하게 보이게 해 줄 애완견 옷을 구입했다. '날개'의 날개에 다는 장식구들도 만들어졌다. 처음으로 '날개' 전용 장식구를 만들어 낸 회사는 '당신의 개가 날아가는 걸 막아 드립니다. 는 광고 문구에 힘입어 일 년 사이에 150%의 급성장을 이루어냈다. '날개'가 자꾸만 베란다에서 뛰어내려 날아가려 한다는 견주들의 하소연을 귀담아들은 결과였다. 다음 해에는 역으로 '당신의 개가 떠오를 수 있게 해 드립니다.'는 광고 문구를 단 제품이 출시되었다. 애완견용 낙하산 기능을 가진 장식구였다. 달마

시안 등 커다란 품종이 작은 날개를 달고 있는 경우, 베란다에서 뛰어내리거나 하면 날지도 못해 추락사하는 사고가 이어지고 있던 중이었다. 미국의 유명한 영화배우가 자신의 '날개'를 위해 약 600달러에 낙하산을 맞춤 제작했다는 사실이 퍼졌다. 그러자 그때까지, 커다란 날개를 가진 '날개'들보다 저렴하게 팔리던 작은 날개를 가진 '날개'들의 가격이 폭증했다. 어떠한 '날개'가 더 매력적인가에 대해 인터넷에서는 설전이 벌어졌다. 영어 사전의 flying dog'와 한국어 사전의 '날개' 아래 항목에는 '날개가 있는 개. 날개의 크기에 따라 날 수 있거나 없거나 한다.'라는 뜻이 추가되었다. 'flying dog'나 '날개'가 이미 고유의 뜻을 가진 단어인 만큼 '날개 달린 개'는 아예 새로운 이름을 붙여야 한다는 주장도 있었다. 그러나 '날개'가 이미 너무 널리 쓰이고 있던 탓에, 한국에서 '날개 달린 개'는 '날개'가 되었다.

'날개'를 둘러싼 사건들은 너무나 많았고, 그렇기에 누구도 '날개'가 하늘을 나는 동영상을 처음으로 찍어 올렸던 인천의 타코야키 장수가 한동안 유명세를 탔다는 것, 타코야키 리어카 앞에 긴 줄이 생겼었다는 것, 두 달이 지난 후 모두 타코야키 장수를 잊었으나 타코야키 장수는 유명

세의 달콤함을 잊지 못해 또 다른 동영상을 찍기 위해 장사를 뒷전으로 하고 인천의 모든 골목을 돌아다니기 시작했다는 것, 그러다 장사를 완전히 망치고 노숙자 신세가 되었다는 것, '그럭저럭 한 대학을 다니는, 집안 넉넉한 여대생' 행세를 하며 즉석만남 채팅 창에서 남자를 불러낸 후 폭행으로 돈을 빼앗으려 하다가 경찰의 신세를 지게 되었다는 것에는 누구도 관심이 없었다. 날개도 없는 사람의 인생이 추락하는 것쯤, '날개'가 낳은 강아지는 '날개'가 아닐 수도 있다는 사실보다도 가치 없는 일이었다.

'날개' 열풍은 쉽사리 사그라지지 않았다. 그러나 '날개'에 대한 수많은 뉴스들 사이에서도, 사람들이 알아내지 못한 것은 있었다.

하늘로 날아올라 간 개들은 대체 어디로 사라졌는가.

누구도 사라진 개들을, 어디서고 발견하지 못했다. 혹여 사라진 '날개'들이 어딘가에 모여 살고 있다면 그곳이야말로 '노다지'가 아니겠는가. '날개 사냥꾼'들은 자신들의 커뮤니티에서 종종 그런 이야기를 나누었다.

J가 커뮤니티에 '날개 사냥대' 모집 글을 올린 것은 이른 추위가 다가온 11월 중순이었다. J는 사냥 마니아였다. 온타리오 호수 공원의 헌팅 주간을 즐기기 위해 가을 때마다

연차를 내고 캐나다로 향하기도 했다. J는 골목을 뒤지는 멋없는 방법으로 '날개'를 잡는 데에는 관심이 없었다. J의 머릿속에 떠오른 그림은 오직 하나, 강가로 떼 지어 내려 앉는 '날개'에게 커다란 그물을 던지는 것이었다. 사냥 역 사상 하늘에서 내려와 앉는 개에게 그물을 던져 잡는 풍경 이 있었던가. J는 자신의 '날개' 사냥이 사냥의 역사에 영원 한 레전드로 기록될 것임을 믿어 의심치 않았다. 그렇기에 J는 성능 좋은 카메라를 가진 전문 촬영 기사까지 섭외했 다. 그물을 던지는 자신의 모습을 멋지게 담아내야 했으니 말이다.

비용과 차량을 전부 지원한다는 J의 모집 글에, 신청자 가 몰려들었다. J는 고르고 골라 열 명의 팀원을 선발했다. 개중에는 지리 전문가도 있었고, 이미 유명한 '날개' 사냥 꾼도 끼어 있었다. 팀원들 중 J를 고민하게 만든 사람은 단 한 명뿐이었다. K였다. K는 변변한 사냥 이력도, 학위도, 자격증도 가지고 있지 않았다. K와 면접을 위해 카페에서 만났을 때, J는 모욕감을 느꼈다. K는 아무리 봐도 노숙자 였다. K의 몸에서는 식은 청국장 냄새가 났다. 이런 사람 이 팀원 신청을 했다는 것만으로 프로젝트의 가치가 떨어 진 듯 불쾌했다.

"……제가요. 그놈이 날아가는 걸 처음 찍은 사람입니다."

일어나려던 J를 붙잡은 건 K의 그 한마디였다. K가 방송과 했던 인터뷰, 짧은 신문 기사들은 K의 주장을 뒷받침해주었다. '날개'가 합성 놀이가 아닌 진짜임을 밝혀내었던 인물. 그가 팀에 들어온다는 건, 꽤 상징성이 있어 보였다. J는 구미가 당겼다.

"그놈들이 날개가 생긴 것이 일 년이 안 되지 않습니까. 나는 것에 익숙할 리가 없어요. 게다가 날개가 생겼다고 해도 그놈들은 개입니다. 개. 사람이 먹이를 들고 흔들면 다가오지 않을 리가 없지 않겠습니까. 그러니 그놈들이 내려앉아 쉴 만한 곳을 돌면서 잠복했다가, 살살 먹이로 유혹하면 됩니다. 내가 사방팔방 돌아다니면서 떠돌이 개들만 수백 마리는 만났을 겁니다. 그런 놈들 유혹하는 방법이야, 나를 따라올 사람이 없어요. 내가 그런 솜씨가 있으니깐, '날개' 영상도 처음으로 찍고 했던 거 아니겠습니까."

J는 설득당했다. J는 K에게 조건을 달았다. 깨끗하게 목욕을 하고, 이발도 하고 올 것. 돈이 없는데요, 선생님. K는 누런 이를 드러내며 웃었고 J는 K에게 십만 원을 건넸다. 이도 잘 닦고 오라는 말을 덧붙이면서.

K에 대한 고민을 끝으로, 팀은 완성되었다. '날개 사냥단'은 '날개'들이 날아가는 방향이 계절마다 일정하다는 것, 한 번에 날아갈 수 있는 거리를 계산했을 때 분명 어딘가에서 쉴 것이라는 것, 그곳이 한국 강원도 어디쯤일 것이다 하는 사실까지 유추해 내었다. 철새들의 이동 경로를 참고해 철새 도래지 중 어디쯤에 '날개'들이 내려앉을 후보지를 뽑아내었다.

사냥을 떠나기로 한 12월의 마지막 주 금요일은 대한민국에 이례적인 한파가 찾아온 날이었다. 뉴스에서는 연신 한파로 인한 이상 증세들을 보도하는 중에 열 명의 '날개 사냥단'은 강원도를 향해 떠났다.

*

강원도 철원 서면, 야트막한 산을 뒤에 진 마을은 적막했다. 가을에는 마을 근처에 꾸며진 철새 조경지에 사람들이 몰려와 북적이기도 했지만, 그런 북적임은 언제나 한때였다. 언제나 그러하였기에, 마을 사람들은 몰려왔다 떠나는 이방인들의 발소리와 목소리에 신경을 쏟으면서도 무심한 듯 행동하는데 익숙했다. 겨울이 되어 산이 볼 것 없

64

는 우중충한 색으로 바뀌고, 새들도 떠나면 매일같이 영하의 날씨를 기록하는 마을을 찾아오는 발걸음은 뚝 끊겨졌다. 눈이 내릴 때 즈음이 되면 카메라를 든 사람들이나 찾아올까, 마을 사람들은 겨울의 침묵을 마을 한가운데 있는 마을 회관에 모여 앉아 이겨내었다. 집에 홀로 앉아 겨울을 보내고 있는 것은 회색 지붕 집의 H뿐이었다.

H가 회색 지붕 집에 살게 되고 처음 맞는 겨울이었다. 이전에도 겨울에 몇 번, 자고 간 적은 있었다. 그러나 그때에 H는 회색 지붕 집에 사는 사람이 아닌, 손님이었다. 집 주인이었던 H의 이모는 여름 끝 무렵 세상을 떠났다. 임종을 지키러 온 H에게 이모는 꺼져가는 목소리로 말했다. 혹시 필요하면, 이 집을 네가 쓰려무나. 그것은 나이 차 많던 늙은 이모가, 일찍 부모를 떠나보내고 서른 초반에 혼자가 된 조카에 대해 드러낼 수 있었던 최대의 연민이었다.

H는 이모의 장례식을 끝내고, 그대로 회색 지붕 집에 눌러앉았다. 처음에는 손님 대접을 해주던 마을 사람들은 H가 한 달이 넘도록 돌아가지 않자 의아한 듯, 노골적으로 집 안을 들여다보기 시작했다. 마을 어디서고 H와 마주치면 염려를 가장한 호기심을 퍼붓기도 했다. "처녀. 안 돌아가? 나이 꽉 찬 처녀가 이런 촌구석에 있어 무엇하려고."

혹은 "무슨 일이 있었데? 뭐 힘든 거 있으면 언제든 말해. 처녀네 이모님하고 내가 아주 친했어." H는 대답하는 대신, 철물점에서 자물쇠를 사와 대문에 달았다. 누구든 툭치면 쉽게 열리던 회색 지붕집 대문은 그제야 대문으로서의 기능을 회복했다. H의 붙임성 없는 태도에, 마을에는 온갖 소문이 파다하게 퍼지기 시작했다. H가 도시에서 애를 떼고 와서 저렇게 숨은 거라느니, 유부남과 바람이 나서 회사에서 쫓겨난 것이라느니 하는 이야기들이었다. H는 그런 소문들과 최대한 마주치지 않으려, 가능한 집 밖으로 나가지 않으려 했다. 반드시 마을에 나가야 할 일이라고는 식료품을 사는 것뿐이었다. H는 냉장고를 최대한 한꺼번에 채워 넣었다. 79L짜리 작은 냉장고에는 딱 일주일치의 음식들을 쌓아 놓을 수 있었다.

H는 정해진 시간에 밥을 먹고, 남은 시간은 내내 방 한가운데 앉아 시간을 보냈다. 회색 지붕집의 방문은 창호지 발라진 미닫이문이었는데, 방문을 닫은 채 계속 밖을 바라보고 있노라면 창호지가 바람에 떨려 윙윙 우는 소리를 냈다.

그 소리를 들으며 H는 날개를 떠올렸다.

H는 윤회설을 믿었다. 좋은 일을 많이 한 사람은 좋은

환경에서 다시 태어나고, 악행을 거듭한 사람은 가축으로 태어나 온갖 고생을 하게 된다는 불교의 윤회설. 수능이 끝나고 떠들썩한 사람들 사이를 혼자서 걸어 나올 때에도, 낯선 남자가 한밤중에 술에 취해 현관문을 두드리며 난리를 피울 때에도, 슈퍼마켓 할아버지가 여자가 혼자 사니 별일이 다 생긴다며 혀를 찼을 때에도, H는 윤회설을 떠올렸다.

그래도 마음이 달래지지 않는 날이면, H는 소시지를 들고 골목 끄트머리로 갔다. 그을림으로 더러워진 골목 벽 아래, 사람들은 쓰레기를 버렸다. 인적이 끊기는 밤이 되면 떠돌이 개들이 쓰레기를 뒤지러 그곳을 찾았다. H는 그곳에서 배가 부풀어 오른 점박이 개가 힘겹게 봉지를 물어뜯는 것을 봤다. 편의점 봉지 안에서 소시지를 꺼내 흔들었더니, 점박이 개는 잔뜩 경계하면서도 H에게 다가왔다. 그날부터 H는 종종, 점박이 개에게 소시지를 주러 가게 되었다. 점박이 개는 곧 H를 경계하지 않게 되었다. H는 점박이 개가 소시지를 먹는 동안 개의 등을 어루만졌다. 손바닥을 타고 올라온 개의 체온이 심장까지 올라가기를 바라며, 쓰다듬었다.

점박이 개의 시체를 묻어준 것은, H가 결혼 정보 회사에 상담을 받고 돌아오던 날의 일이었다. H는 15등급으로 나누어진 등급표에서, 14등급을 받았다. 부모님은 어떤 직업을 가지고 계세요, 라는 질문에 안계세요, 라고 했더니 담당자는 말했다. 다행이네요. 14, 15등급 분들은 부양 부모 안 게시는 게 오히려 나아요, 라고. H는 상담을 마친 후, 건물을 나서며 그 말을 곱씹었다. 오히려 나아요, 라는 말은 아무리 씹어도 쉬이 H의 목 아래로 넘어가지 않았다. H는 집에 와 소시지를 들고 골목 끝으로 향했다. 느릿하게 다가와 H의 발목에 얼굴을 비비던 개는, 그날 따라 H가 아무리 소시지를 흔들어도 나타나지 않았다. H는 쓰레기 봉지 사이에서 무언가 끙끙거리는 소리를 들었다. H는 쓰레기가 쌓인 곳의 틈을 살펴보았다. 태어난 지 얼마 안 되어 보이는 강아지 네 마리가 쓰레기 봉지를 박박 긁고 있었다. H는 강아지가 긁고 있는 쓰레기 봉지를 열었다. 그 안에는 점박이 개가, 눈을 부릅뜬 채 죽어 있었다.

H는 쓰레기 더미 사이에 쪼그려 앉아, 한참이나 점박이 개의 시체를 보았다.

H는 어릴 적, 자신이 전생에 개가 아니었을까 생각했다. 주인을 잘 따르고 집도 잘 지켰을, 그런 개. 개로서의 인생을 착실하게 잘 살아 사람으로 태어나는 데는 성공했

지만 업적이 조금 부족했던 것이다. 그렇기에 개의 특성은 고스란히 가진 채 태어나버린 거다. 강아지들은 원래 부모와 빨리 헤어진다. 그러니 부모님이 빨리 죽은 건 누군가 나빴던 게 아니라, 그저 내가 개의 운명을 타고났기 때문일 뿐이라고, 자기 자신을 설득했다. H의 이모는 어린 H에게 종종 넋두리를 했다. H의 어머니가, H를 낳다 몸이 안 좋아져 세상을 떠난 것이라고. 여동생을 잃은 언니의 슬픔은, 어머니를 잃은 아이의 두려움을 미처 보살피지 못했다. 두려움을 안은 채 어른이 된 H는 점박이 개의 시체를 그냥 둘 수 없었다. H는 조심스럽게 비닐봉지를 끄집어냈다.

"뭘 하는 거야! 젊은 아가씨가 왜 쓰레기를 뒤져. 골목 더러워지게."

호통이 날아들었다. 슈퍼마켓 할아버지였다. 그는 거침없이 골목 안으로 걸어 들어와, H의 손에서 비닐봉지를 낚아챘다. 그리곤 위를 꽁꽁 묶어서는, 쓰레기 더미 위로 던졌다.

"떠돌이 개가 이런 데에서 함부로 쳐죽고 지랄이야. 동네 분위기 안 좋아 보이게. 아주, 이 근처 떠돌이 개들 싹 다 잡아서 약재상에 넘겨버려야 돼."

H는 강아지들이 모여 앉은 쓰레기 더미 틈 사이로 바짝 붙어 섰다. 할아버지가 강아지를 발견하지 못하도록. 공중으로 내던져진 비닐봉지가 바닥에 내려앉는 소리가 둔탁하게 H의 귓가를 때렸다. 할아버지는 가느다랗게 눈을 뜨고 H의 다리 사이를 주시했다.

"그것이 새끼까지 치고 갔네. 어이구. 비켜, 아가씨. 저것들 놔두면 어차피 죽어. 냄새나기 전에 치워야지."

할아버지가 H를 향해 다가왔다. H는 강아지와 할아버지의 사이에서 움직이지 않았다. 비키라니깐. 못 비켜요. 아니, 저것들 아가씨가 키울 거야? 키워도 문제지. 저것들이 밤낮으로 짖을 텐데. 민폐라고. 못 비켜요. 앵무새야? 같은 말만 하게. 비켜! 못 비켜요……! 비키라고! 언성이 높아졌고, 할아버지는 바닥에 뒹굴던 망가진 우산을 들어 H에게 휘둘렀다. 우산에서 삐져나온 우산살이 H의 다리를 할퀴었다. 스타킹이 찢어지고 피가 배어 나왔다. 안 비키면, 혼쭐을 내 줄 거야. 할아버지가 우산의 끝을 다시 H를 향해 들이밀었을 때였다.

강아지가 날아올랐다.

쓰레기 더미 사이에서 몸의 세 배쯤 큰 날개를 달고 위로 떠오른 강아지 네 마리는, H의 머리 위를 한 바퀴 돌고는 금세 하늘 위로 날아 사라졌다. H는 강아지들의 모습이 완전히 보이지 않게 될 때까지, 못 박힌 듯 서서 그 날갯짓을 보고 있었다. 네 쌍의 날개가 위아래로 움직이는 소리가 바람이 되어 윙윙, H의 귓가에 자리 잡았다.

날개. 그 날개들은 어디 갔을까.

H는 종종 바람에 우는 창호지 소리를 들으며 하늘 높이 날아가던 강아지들을 떠올렸다. 가끔은 등 뒤로 손을 돌려, 자신의 등뼈를 어루만져 보기도 했다. 창호지 소리가 날갯소리처럼 들리는 날에는 금방이라도 뼈 사이에서 무언가 자라나, 어디론가 갈 수 있을 것도 같았다.

그러나 H가 겨울이 되어가도록 회색 지붕 집에서 나올 수 없었던 것, 어디로도 가지 못한 것 역시 소리 때문이었다.

H의 뒤를 뒤쫓아 오던, 긴 그림자와 같은 소리.

마을에 떠도는 소문처럼 차라리 불륜이라도 저질렀다면, 그렇게 과오가 분명한 일이었다면 H는 그림자를 견디어 냈을 터였다. 소음이 잦아들고, 그림자가 짧아지기를 기다리며 무엇이든 해서 과오를 덜어냈을 터였다. 잘못을 했으니, 벌을 받는 것이었다면. 인과응보를 겪는 것이었다면. 윤회설과 동일한 감각으로 H 역시 그림자의 시간을 견

녀낼 수 있었을 터였다.

H가 그림자를 버텨내지 못한 것은, 그 사건 어디에도 자신의 과오가 없어서였다.

결혼식을 두 달여 남겨놓은 때였다. 맞선으로 만나 8개월쯤 사귄 후 결정한 결혼이었다. H는 약혼자가 아주 좋은 것은 아니었다. 그렇지만 서른 살을 넘겼으니 결혼을 해야만 할 것 같았고, 남자가 먼저 프러포즈를 해 왔으니 거절할 이유가 없었다. 시부모 쪽에서는 H가 조실부모한 것을 못마땅해했다. 그러나 약혼자의 나이가 H보다 아홉 살가량 많은 것, 약혼자가 집을 해 올 여력이 안 된다는 것 등을 이유로 결혼을 허락했다. 결혼하고, 아이를 낳고, 늙어가는 평균적인 삶이 H의 목표였다. 그렇기에 약혼자가 채팅으로 다른 여자를 만나 원나잇을 하려 했다는 것도 H는 이해했다. 한국 남자의 60%가 성매매 경험이 있다는 통계치가 있었으니깐. 그러나 원나잇의 시도 결과 약혼자가 만난 상대가 남자라는 것, 상대 남자에게 왼쪽 팔이 부러질 정도로 폭행을 당했다는 것, 약혼자도 상대방의 코뼈를 부러뜨려 쌍방 폭행이 되었다는 것, 그 때문에 H가 한밤중에 경찰서로 허둥지둥 달려가야 했다는 것은 아무리 생각해도 평균적이지 않았다.

H의 약혼자에게 사기를 치려 했던 K는 마흔 중반은 넘어 보이는, 비쩍 마른 노숙자였다. K는 합의를 보기 위해 앞에 앉은 H에게 영문 모를 소리만을 늘어놓았다.

"그놈의 날개. 난 그저 그놈을 한 번 더 찍을, 그러기 위한 돈이 필요했을 뿐이야. 물론 처음에 찍은 것보다야 더 스펙터클한, 뭐 그런 걸 찍어야 한다는 건 알고 있어. 이젠 그놈들에 대해 너무 많은 게 밝혀졌거든. 그게 다 내 덕이야. 내가 그 얼룩이, 그놈이 날아오르는 걸 찍어 올리지 않았다면 다들 그게 진짜인 줄도 몰랐을 거라고. 그런데도 아무도, 그놈들, 그 날개를 가지게 된 것들이 좋아 죽겠다 난리 치는 놈들 중 누구도 내게 신경 쓰지 않다니 말도 안되는 일이지. 에디슨까지 갈 것도 없어. 고작 짜장면도 누가 제일 먼저 만드었냐, 하는 걸로 원조니 사부니 하며 떠받들어주지 않아. 내가 그런 대접을 못 받는 건 분명 무언가의 음모야. 그 날개 달린 것들이, 내게 복수를 하는 거라고. 내 타코야키 리어카도…… 분명 그놈들이 들고 사라진 거야. 암."

경찰은 K가 정신착란을 겪고 있는 것 같다고, 알코올 중독에 빠진 노숙자와 제대로 이야기를 나누는 건 불가능에 가까우니 적당히 처리하라는 충고를 해주었다. H도 그렇

날개, 날다 · 73

게 하려고 했다. 문제를 키울 생각은 없었다. 어쨌든 결혼
식이 코앞이었다.

"알았어요. 고생 많으셨네요."

H가 K에게 건넨 인사말은, H의 몸에 배인 예의일 뿐 그
무엇도 아니었다. 설마 그 한마디로 K가 자신을 스토킹하
게 될 줄은 몰랐다. K는 경찰서를 나온 날부터 H를 쫓아
다니기 시작했다. 노골적인 스토킹이었다. K는 자신의 기
척을 숨기려 하지도 않았다. H의 집 앞에서 H가 출근하기
를 기다렸고, 회사 앞에서는 퇴근을 기다렸다. H가 나오면
K는 H의 뒤에 딱 붙어 걸으며 끊임없이 떠들었다.

"내 고생을 알아준 건 네가 처음이야. 너도 그놈들이, 그
날개 놈들이 나쁜 녀석들이라는 데 동의하는 거지? 그래.
한 명쯤 그놈들의 정체를 의심해 줄 거라 생각했어. 개 주
제에 날개를 가지게 되다니, 이상하잖아."

"왜 대답을 안 해. 맞을래? 거짓말이야. 난 여자는 안 때
려. 사실 말이지. 개하고 여자는 삼일에 한 번씩 패서 길을
들여야 돼. 너 알아? 날개가 된 놈들은 말이야. 대부분이
주인 곁에서 도망을 갔데. 그놈들이 왜 도망갔겠어. 주인
들이 워낙 오냐오냐 해주고, 길을 안 들여서 그래."

H는 K가 두려웠다. K의 히죽거림도, 종종 주먹을 쥐

고 팔을 붕붕 흔들어 보이는 것도 무서웠다. 경찰에 신고를 했다. K가 아무 해코지도 하지 않았고, 집에 몰래 숨어든 것도 아니니 무언가 해 줄 수 있는 것이 없다는 답변이 돌아왔다. 약혼자에게 회사가 끝난 후 마중을 나와 달라고 부탁했다.

"어떻게 자기 약혼자 팬 놈하고 붙어 다닐 생각을 해?"

약혼자는 되레 화를 냈다.

"붙어 다닌 게 아냐. 그쪽이 일방적으로 따라다니는 거라고."

"네가 예쁘기를 해, 몸매가 좋기를 해. 남자가 붙을 상이 아닌데 어디서 거짓말이야. 네가 뭔가 여지를 줬으니깐 그 미친놈이 따라붙은 거지."

H는 약혼자와 첫 싸움을 했다. 싸우고 사흘 뒤에, 시부모가 약혼을 파기하겠다는 연락을 해 왔다. H는 그럴 수 없다고, 이유가 뭐냐고 매달렸다. 시부모에게 한 번만 만나달라고 수십 번 전화를 걸었다. 시부모는 전화기 너머에서 끌끌 혀를 찼다.

"여자가 몸가짐을 잘해야지. 이래서 부모 없는 애들은."

H는 그 뒤로 시부모에게도, 약혼자에게도 전화하지 않았다. K는 점점 집요하게 H를 따라다녔다. H가 가끔 가

는 식당, 휴일에 종종 들리는 편의점, 어디에든 K가 나타났다. H는 회사에서 일을 하는 시간이 가장 편하게 느껴졌다. 그때만은 K에게 시달리지 않아도 되었으니깐. 휴일에는 어디에도 나가지 않고, 집에서 문을 걸어 잠그고 지내게 되었다.

상담 전화 너머로 K의 목소리가 나올 때까지만 해도 그랬다. 여보세요. 처음에는 K인 줄 몰랐다. 나야, 하는 말에 고객님, 정확한 성함을 말씀해주세요, 하고 되물었다. 상담을 하다 보면 별별 손님이 다 있게 마련이었다. 나라고, K. 순간 H는 흡, 숨을 들이마셨다. 지직거리는 마이크 소리 사이로 K의 히죽거리는 웃음이 새어나오는 것만 같았다. K의 전화는 그 후 계속해서 걸려왔다. H는 K의 전화를 먼저 끊을 수도 없었다. 회사의 규정이 그랬다. 상담원이 먼저 전화를 끊을 수 있는 경우는 손님 쪽이 험한 욕설을 하거나 인신모독을 할 때로 제한되어 있었다. K처럼 반복적으로 전화를 걸어, 아무 말도 하지 않고 있다 뚝 끊어버리는 전화에 대해서는 대처할 방법이 없었다.

전화는 휴일에는 문 두드림으로 모습을 바꾸었다. H가 아무 곳에도 나가지 않고 있는 휴일 내내, K는 H의 대문을 두드리기 시작했다. 손등 전체로 철제 대문을 두드리는 소리가 여섯 가구가 늘어선 복도식 빌라 통로에 계속해서 울렸다. 소리에 성이 난 이웃이 가끔 K를 쫓아내었다. K는 버티지 않고 자리를 떴다가, 곧 다시 돌아와 H의 대문을 두드리기를 반복했다. H는 처음엔 이어폰을 끼고 귀청이 떨어져라 음악을 들었다. 곧 이어폰은 소용없는 것이 되었다. 문을 두드리는 소리에는 울림이 있었다. 소리는 들리지 않더라도, 그 울림이 집 안에 윙윙 휘몰아쳐 H의 몸을 떨리게 만들었다. H는 냉장고에 딱 달라붙어 앉아 보았다. 냉장고에 귀를 대고 있으면 비행기라도 탄 듯 귀와 머리가 멍해졌고, 문 두드리는 소리도 멀어지는 듯했다.

H가 회사를 그만둔 건 K의 스토킹이 시작된 지 4개월이 되어가던 때였다. 3교대 근무를 마치고 새벽에 집에 오니 냉장고가 고장 나 있었다. 밖에서는 다시, K가 문을 두드리기 시작할 터였다. 요기만 좀 하고 다시 올게. 회사에서 집까지 H를 뒤쫓아 온 K가 편의점 안으로 들어가며 했던 말은 해고 통지보다도 섬뜩했다. H는 멈추어버린 냉장고 옆에 딱 붙어 앉았다. 전화가 걸려왔다. 이모가 전화를 먼저 걸어온 것은 처음이었다. 이모는 매우 아프다고, 내려올 수 있다면 와 줬으면 한다고 했다. 가끔 이모를 만나러 갔을 때 잠을 잤던 이모의 집, 회색 지붕이 점점 낡아가

던 집이 떠올랐다. 그 집은 그 자체로, 커다란 냉장고와 같은 곳이었다. 그 집 안에서 이모는 영영 늙지도 썩지도 않은 채 들어앉아 있는 것처럼 보이곤 했었다.

문득 맹렬하게, 그 집에서 잠이 자고 싶어졌다.

H는 짐을 챙겼다. 옷 두 벌과 세면도구뿐이었다. 빌라의 전세 해약은 전화로도 충분할 터였다. 통장 잔고는. 다시 취업할 곳을 알아봐야 하는데. 그 생각들도 차곡차곡 접어짐 사이에 끼워 넣었다. K가 문 앞에 버티고 서기 전에, 다시 문 두드림이 시작되기 전에 집을 떠나야 한다는 생각만을 남겨두었다.

H는 빌라 앞에서 택시를 잡아탔다. 택시는 편의점을 나오는 K의 옆을 스쳐 골목을 빠져나갔다. 그제야 H는 깨달았다. 자신이 이곳을 벗어나면, 돈도 무엇도 없는 K는 결코 따라올 수 없다는 것을 말이다.

'나는 도망치는 거구나.'

H는 택시를 내려, 강원도로 향하는 버스표를 끊을 때까지 몇 번이고 '도망'이라는 글자를 되뇌었다. 함께 상담일을 하던 동료가 세계여행을 한다고 퇴사할 때가 떠올랐다. H는 동료를 이해하지 못했다. 그 동료는 실적이 좋았다. 육 개월쯤 더 버티면 정직원이 될 수도 있는, 그런 상황이

었다. 그런데 퇴사라니. "도망치는 거야. 더 견디기 힘들어서." 동료의 말에 H는 고개를 끄덕였지만, 속으로는 배부른 투정이라 여겼다. "엄청 용기낸 거야. 도망치는 데도 용기가 필요하다고." 그 말에는 더욱 코웃음 쳤다.

어쩌면 그도, 진짜 버티기 힘들었던 것인지 모른다. 버스가 고속도로로 미끄러져 들어갈 때까지 H는 내내 그 동료의 얼굴을 떠올리려 했다. 하지만 H가 꾸벅, 잠이 들 때까지 동료의 얼굴은 떠오르지 않았다. 그러나 K의 얼굴도 떠오르지 않았기에 H는 오랜만에 푹 잘 수 있었다. H는 버스가 강원도 버스 터미널에 멈춰 설 때까지 단 한 번도 깨지 않았다.

'이대로 겨우내, 냉장고 안에서 푹 잠들었다 깨어났으면 좋겠어.'

그러면 다시 무엇이든 할 수 있으리라. H는 매일 창호지 소리를 듣다 잠이 들었고, 일주일에 한 번 토요일과 일요일 즈음에 슈퍼마켓에 갔다. 날씨가 추워질수록 마을 사람들은 마을 회관에 모여앉아 나오지 않았다. H는 날이 좀 더 추워지기를, 겨울의 적막을 망토처럼 두르고 다니 수 있는 날이 계속되기를 바랐다.

봉고차가 마을 입구에 멈춘 건, 토요일 늦은 오후였다.

"이 마을 뒤에 있는 저수지가, 유명한 철새 도래지입니다. '날개'들이 내려앉기에도 이만한 곳이 없다고 봐요. 먹을 것 풍부하고, 사방이 갈대숲이라 사람 눈에 안 띄고. 이 아래 마을에서 '날개' 두 마리가 목격되었다 하지 않습니까. 그놈들이 날아간 방향으로 유추해도 딱 이곳이지요. 이곳."

J는 팀원들을 이끌고 마을 안으로 들어섰다. 일단 머물 곳을 찾아야 했다. 마을이 작아 따로 숙박 시설이 있을 것 같진 않아 보였다. 민박을 알아보려면 마을 회관으로 가는 게 최선이라고, 팀원들 중 국토 대장정을 해 보았던 사람이 앞장을 섰다.

"슈퍼에서 막걸리 한 병 사 들고 찾아뵈면 대부분 오케이입니다. 숙박비도 넉넉히 드린다 하면 뭐, 어르신들이 좋아라 하시죠."

'날개 사냥단'이 슈퍼가 있는 골목으로 꺾어 들어갈 때였다. 팀원들 중 한 사람이 튀어나갔다. 흡사 맹수처럼 골목을 뛰어 올라갔다. K였다. J와 다른 팀원들은 K가 낯선 여자를 향해 달려가는 것을, 여자가 등을 돌려 미친 듯 달아 나는 것을, K가 여자를 뒤쫓아 가는 것을 멍하니 지켜보았 다.

"……저거 왜 저래."

J가 중얼거렸다. 팀원들은 K를 쫓아가야 하나 말아야 하 나로 잠시 논쟁을 벌였다. 처음 온 마을에서 말썽을 일으 켰다가는 '날개' 사냥에 마을 사람들이 협조해주지 않을지 도 모른다, 하지만 본격적인 사냥을 위해서는 우리도 좀 쉬어야 하지 않느냐 하는 말들이 오고 갔다. 결국 J가 팀장 으로서 책임지고 K를 데려오고, 다른 팀원들은 먼저 숙소 를 잡아 쉬는 것으로 결론이 났다.

'역시 그런 노숙자 놈을, 팀에 넣는 게 아니었어.'

J는 K가 여자를 쫓아 올라간 뒤를 느리게 따라 올라가며 짜증을 냈다. J는 몰랐다. 자신이 느긋하게 밟고 있는 잿빛 길을 H가 어떠한 심정으로 뛰어 달아났는지.

H는 소리에 쫓기고 있었다.

쾅. 쾅. 문을 두드리는 소리는 점점 심해졌다. H는 뒤돌 아 볼 수도 없었다. K는 분명 계속해서 자신을 뒤쫓아 오 고 있을 터였다. H는 소리에서 달아나기 위해 더 많은 발 소리를 만들어 내는 곳을 향해 뛰고 뛰었다. 골목을 벗어나 마을 뒷산 오솔길로, 오솔길에서 갈대 가득한 저수지로 뛰었다. 버석거리는 흙과 겨울 낙엽, 몸을 할퀴며 우수수 울어대는 갈대들의 소리도 문 두드리는 소리를 덮어내지 못했다. 그것은 땅을 통해 둥둥 울리며 H를 포위해 왔다. 갈대숲을 벗어나 저수지 언저리에 멈춰 섰을 때 H는 자신이 완전히 포위되었음을, 더이상 도망갈 곳이 없음을 알았다. H는 뒤돌아섰다. 키 큰 갈대 사이로 K가 H를 바라보며 서 있었다. K가 손을 뻗었다. 우쭈쭈. 입술을 오므려 휘파람을 불었다. K는 꼭 개를 부르듯, 자세를 낮춰 H에게 손짓을 했다. 이리 오거라, 이리 와. 어차피 개는 개일 뿐이지……. K의 목소리가 탕, 탕 울리며 H의 목을 죄어왔다.

"……도망치지 않으면."

H는 저수지를 향해 뒤돌아섰다. 두 눈을 질끈 감았다. 어이, 그만둬. K의 목소리가 H의 등을 떠밀었다. 저수지를 향해 뛰어내리며, H는 빌었다.

다음 생에는, 차라리 진짜 개로 태어나게 해주십시오. 사람 없이 한적한 산속에서 아비 개 어미 개와 오순도순 살다 죽을 그런 개로 태어나게 해주십시오……. 인도 길거리에 누워 빈둥거리는 개로 태어나게 해주십시오……. 사

람에게 죽음을 인도해 준다는 옛이야기 속 그런 개로 태어
나게 해주십시오……. 저놈에게 죽음을 가져다줄 수 있게,
그렇게 해주십시오…….

등뼈가 간질거렸다. H가 습관처럼 등 뒤로 손을 돌린 순
간, H의 몸이 불쑥 위로 치솟아 올랐다. 아주 작은 상자에
들어갔다 나온 듯 온몸의 뼈마디가 뻐근해졌다. H는 몸이
분해되었다가 조립되는 듯한 감각을 느꼈다. 한순간 온 세
상 어디든 갈 수 있는 공기와도 같은 존재가 된 듯했다가,
손과 팔과 머리가 다시 짜 맞춰졌다. 폭신한 털과 촉촉하
게 젖은 코끝. H는 네 발로 하늘을 달리듯, 날개를 퍼덕여
보았다. 점박이 개가 갈대숲에 선 남자를 향해 이를 드러
내고 날아 내려가고 있었다.

'날개'들은 새로이 맞이한 이의 날개 주변을 둘러싸고 춤
을 추었다. 춤을 추며 다시 대열을 맞추어 날았다.

갈 곳 없지만 갈 수 있는 곳은 어디든 있었다.

*

J가 갈대숲에 도착했을 때, K는 갈대숲 사이에 드러누워
하늘을 노려보고 있었다. K의 목에서 흘러나온 선혈이 갈

대의 뿌리로 스며들고 있었다. J는 K의 목이 무딘 톱날에 썰린 듯 너덜너덜해진 것을 보았다. K는 횡설수설, 거친 숨과 말을 한꺼번에 내뱉었다.

"그년이, 그년이 개가 되었습니다. 그 원망스러운 것들이 저 하늘 끝에서 한 무리 내려오더니, 뛰어내린 그년을 받아 올리지 뭡니까. 그러더니 그 년이 개로 변했어요. 개가 되어서는……. 날개 달린 개가 되어서는. 그 날개들과 함께 훨훨 날아가버렸어요. 아, 되려면 그냥 개가 될 것이지. 왜 날개가 된단 말입니까……."

J는 K의 말을 듣지 않았다. J는 그저, 일이 귀찮아졌다고 생각했다. 기념할만한 '날개 사냥단' 활동의 첫날인데, K의 뒤치다꺼리나 하게 생겼다. J는 K를 내려다보다, 문득 자신의 신발로 시선을 옮겼다. 오늘을 위해 새로 구입한 J의 등산화 앞 코에, 진흙과 K의 피가 뒤엉겨 달라붙어 있었다.

"그 원망스러운 것들. 개 주제에 사람을 떠나 하늘을 날며 살다니. 개 주제에! 내 발걸음 소리에도 벌벌 떨던 보잘것없는 년 주제에! 개 주제에!"

K가 울부짖으며 옆에 선 J의 발목을 움켜잡았다. J의 등산복 바지에 K의 손 얼룩이, 주름을 따라 선명히 새겨졌

다. J는 발목에 힘을 주고 발을 찼다. K의 손은 힘없이 J의 발목에서 떨어져 나갔다. J는 한 번 더, 발을 찼다. K의 얼굴이 옆으로 돌아갔다. K의 외침은 끊겼다. 고요해진 갈대숲 끄트머리에 서서 J는 중얼거렸다.

"미친놈 주제에."

J는 K를 남겨주고 뒤돌아 걸었다. J는 마을 회관에서 일행과 함께 어울려 저녁 내내 술을 마셨다. 경찰은 다음날 오후에야 왔고, J는 K가 갑자기 뛰어 올라가더니 발견했을 때에는 이미 숨이 끊어져 있었다고 말했다. K가 연고자 없는 노숙자임을 확인한 경찰은 J의 증언에 조금의 이의도 제기하지 않았다. K의 목에 난 흉터는 술과 약에 취한 K의 자해로 인한 것으로 대충 얼버무려졌고, 직접적인 사인란에는 저체온증으로 인한 쇼크사가 기록되었다. J는 경찰들과 어울려 다시 술을 마셨고, 재수 없게 왜 저수지 근처에서 죽었냐고 투덜거리던 마을 사람들도 함께 술을 마셨다. 열흘 동안 '날개 사냥단'은 한 마리의 '날개'도 발견하지 못하고 마을을 떠났다.

겨울의 끝, 회색 지붕 집의 지붕이 내려앉았다. 마을 사람들은 그제야 회색 지붕 집에 아무도 살지 않는다는 것을 알았다. 사람들 몇몇이 지붕의 잔해를 치우기 위해 빈집에 모여들었다. 이장이 청소 끝나고 몸보신을 하자며 누렁이를 끌고 와 묶어 두었다. "이 집 살던 처녀는 언제 떠났데." "간다 말도 없이. 젊은 것이 싸가지가 없더라니." 수다를 떨며 청소를 마친 마을 사람들이 누렁이를 잡으러 갔을 때, 그곳에는 누런 깃털만이 떨어져 있었다.

라면인간 실험 보고서

1.

아무리 봐도 라면이다.

구불구불 튀겨진 밀가루 면을 단단히 뭉쳐 놓은 모양새. 연노란 색까지 의심할 수가 없었다. 수혁 씨는 네모난 라면이 저억, 입을 벌리는 것을 봤다. 라면 위에 흩뿌려진 붉은 수프가 후드득 떨어질 것만 같았다. 붉은 김치 한 조각이 혀처럼 날름거렸다.

"수혁 씨. 강수혁 씨. 일 이렇게 할래? 고작 다섯 팀이 뭐야. 다섯 팀이."

목소리는 분명 한 대리였다. 수혁 씨, 라고 부를 뿐 반말로 딱딱거리는 것도, 목에 건 명찰에 쓰인 이름도 그랬다. 하지만 지금, 수혁 씨 눈에 보이는 한 대리의 얼굴은 라면

일 뿐이었다. 막 봉지에서 꺼내 스프를 솔솔 뿌리고 고명까지 얹어 놓은 라면이었다. 그대로 냄비에 집어넣어 끓이기만 하면 될 듯했다.

"이러면 그냥 가이드한테 찍게 하는 게 낫지. 명색이 관광 사진사를 두는 이유가 없잖아. 어? 이봐. 수혁 씨. 듣고 있어? 이봐!"

한 대리가 말할 때마다 라면의 삼 분의 일쯤 지점이 위아래로 갈라졌다 붙었다. 저기가 원래 입이구나. 수혁 씨는 한 대리의 얼굴이었던 라면을 보는데 정신이 팔렸다. 평소와 다르게 한 대리의 타박이 전혀 들리지 않았다.

"저러니 서른다섯이나 먹고도 이런 일이나 하지."

그래도 한 대리의 마지막 빈정거림만은 수혁 씨의 귀에 와 박혔다. 수혁 씨는 한 대리에게서 정산표를 받아들고 사무소를 나섰다. 관광 사진사로 일한 지 이년 째, 수혁 씨가 만족스러운 정산표를 받은 적은 한 번도 없었다.

수혁 씨는 삼사십 명의 패키지 관광 팀에 배치되어서 사진을 찍었다. 주로 중국인들과 일본인들이 고객이었다. 수혁 씨는 가족이나 일행 단위로 찍은 사진을 이십 장씩 모아, 즉석에서 엮어 만든 어설픈 앨범 하나에 오만 원을 받고 팔았다. 사진을 사는 사람은 늘 한 팀에 십여 명이 안

되었다. 판매한 금액의 절반이 수혁 씨의 몫이었다. 기본급 없이 성과급으로만 이루어진 시스템이었다. 수혁 씨는 아침 여덟 시부터 저녁 일곱 시를 넘길 때까지 관광 팀을 따라다니며 찍고 또 찍었다. 그래도 정산표에 찍힌 숫자는 늘 한 달 백십, 백이십 언저리에 머물 뿐이었다.

'면 모양이 네모났고, 면발이 좀 굵고 원통형이었지. 가로로 세 줄, 세로로 네 줄 엮어놓은 모양새가 특이하고……. 무엇보다 그 새우 건더기. N사의 해물 짬뽕 라면이 분명해.'

수혁 씨는 한 대리의 얼굴을 떠올리며 지하철을 탔다. 꾸벅꾸벅 졸다 내릴 곳을 놓칠 뻔했다. 허둥지둥 내렸다. 구불구불한 골목을 걸어 올라갔다. 10평 다세대 주택 한 곳이 수혁 씨의 집이었다. 1년 반전에 전세 8천, 웨딩숍에서 삼 년간 일해 모은 돈을 털어 넣고 계약했다.

실장이 속을 긁어도 웨딩숍에서 버텨야 했어. 거긴 기본급이라도 있었지. 수혁 씨는 계단을 걸어 올라갈 때마다 같은 후회를 했다. 웨딩숍의 포토 어시스턴트를 그만둘 때만 해도, 작품 활동을 활발히 해 잘나가는 작가가 되리라 다짐했었다. 웨딩숍에서 매번 그저 그런 사진을 찍기만 해서야 늘 실력도 늘지 않는다고 늘 한탄하던 터였다. 금세 국내 공모전에서 입상을 하고, 개인전을 여는 상상을 했었다.

수혁은 자신이 기회를 얻지 못했을 뿐, 누구보다 실력이 있다고 믿었다. 대학교에서 받았던 얄팍한 칭찬들, 웨딩숍에서 일하며 자연스레 듣게 되었던 작가님 소리가 그 믿음의 증거였다. 하지만 사진에 대한 열정은 통장 잔고가 한 자리로 줄어드는 중압감을 이겨내지 못했다. 관광 사진사를 시작하고 이 년간, 수혁은 개인 작품을 한 점도 찍지 않았다.

"패키지여행을 하는 사람들은 미의식이 없어. 미의식이. 촌스럽게 건물 앞에 서서 찍은 사진이 아니면 안 산다 하고. 내 실력이면 말이야. 한 시간에 이십만 원은 받아야 한다고."

수혁 씨는 투덜거리며 부엌 찬장을 열었다. 찬장 안에는 라면이 가득했다. 국물 라면, 비빔면, 짜장면, 짬뽕라면, 우동라면……. 수혁 씨는 종류별로 나누어진 색색의 라면 봉지 중 하나를 집어 들었다. N사의 짬뽕 라면이었다.

수혁 씨의 손놀림이 민첩해졌다.

"입 부분의 그건 김치 토핑인가. 짬뽕 라면에 김치라니. 한 대리, 라면이 되어서도 괴팍하다. 괴팍해. 짬뽕에 김치 넣으면 국물 맛이 죽는단 말이지."

그러면서도 수혁 씨는 김치를 꺼내 들었다. 그렇지 않아도 새로운 라면 조리법이 떠오르지 않던 참이었다. 김칫국물 베이스의 짬뽕 라면. 한, 중의 만남. 제목도 그럴싸했다. 수혁 씨는 김치를 가위로 싹둑싹둑 잘라 냄비에 퐁퐁 빠드렸다. 물이 끓어오를 때쯤 스프를 반쯤 풀고 건더기 스프도 쏟아 넣었다. 휙휙 저어 한 모금 국물 맛을 봤다. 간이 딱 좋았다. 면을 집어 들었다. 원래라면 반 가르지 않고 통째로 넣는 게 수혁 씨의 스타일이다. 하지만 위아래로 움직이던 한 대리의 라면 얼굴이 떠올라서, 과감히 반을 갈라 넣었다.

'한 대리 라면이다. 한 대리 라면이니 파도, 달걀도 생략. 그따위 녀석에게 그런 호사스러운 토핑을 해 줄까 보냐.'

냄비 안에서 부글부글 끓기 시작한 라면이 한 대리인 듯 여겨졌다. 수혁 씨는 젓가락으로 거칠게 면발을 마구 저었다. 면발은 금세 서로 엉켜있던 몸을 풀었다. 젓가락을 따라, 면발이 붉은 국물 사이를 부드럽게 유영했다. 면과 국물. 둘이 완벽하게 어우러진 순간은 냄새로 알 수 있다. 밀가루의 풋풋한 냄새와 고소한 기름 냄새, 매콤한 수프의 냄새가 한꺼번에 확 올라올 때가, 그 순간이다.

수혁 씨는 잠깐 고민했다. 자연스러운 냄비 샷으로 갈

까. 깔끔한 라면 그릇 샷으로 갈까.

'한 대리에게는 그릇도 사치야. 암.'

수혁 씨는 냄비를 통째로 앉은뱅이 식탁 위에 옮겼다. 라면 위에 김치 한 줄기를 올리는 것도 잊지 않았다. 그리곤 바로 카메라를 들었다. 찰칵. 찰칵. 식탁 위에서, 옆에서 몇 장이고 찍었다.

수혁 씨는 카메라를 내려놓고 식탁 앞에 앉았다. 면발을 한가득 들어 올렸다. 덥석 한입 물고 빨아들였다.

후루루루룩. 경쾌한 소리와, 얼큰한 냄새와, 눈 바로 앞에서 춤추듯 흔들리는 면발.

"역시 완벽한 음식이야. 라면은. 맛있고, 싸고. 우리나라 청춘들의 상징이기도 하지. 내가 라면을 찍는 건 무척 상징적인 행위라고. 이거야말로 생활 예술이지. 암."

수혁 씨는 상대 없는 라면 예찬론을 펼치며 면발을 단번에 먹어치웠다. 노트북을 끌어당겨 무릎 위에 놓았다. 냄비째 들어 국물을 한 모금 마시며, 노트북에 사진을 옮겼다. 라이트 룸으로 간단히 보정을 끝내는 사이 국물도 바닥을 보였다. 수혁 씨가 게시판에 사진을 업로드 했을 때, 냄비는 텅 비었다. 수혁 씨는 끄윽, 트림을 하며 반응을 기다렸다. 곧 수혁 씨가 올린 라면 사진 아래 줄줄이 댓글이 달리기 시작했다. 사진 진짜 맛깔스럽게 잘 찍으심. 짬뽕 라면에 김치 포인트, 유머센스 굿. 진정한 라면 마니아는 나트륨 따위 신경 안 쓰는 게 미덕. 수혁 씨는 고개를 끄덕이며 자기가 올린 글 바로 아래의 게시물을 클릭했다. 핸드폰으로 찍은, 허접한 사진이 화면에 떴다. 이러니 댓글이 없지. 수혁 씨는 승자의 웃음을 지었다.

라면 마니아 게시판.

수혁 씨의 활동 레벨은 최상급인 LV. 1이었다. 게시판에 수혁 씨의 닉네임 '면킹 포토'를 치면 칠백 개가 넘는 글이 떴다. 각종 라면을 먹고 찍은 사진들, 라면을 특징별로 분류해 정리한 글도 몇 개씩이나 있었다. 신제품이 나오면 가장 먼저 리뷰를 올리려고 얼마나 애썼는지 모른다. 게시판 사람들은 '면킹 포토'는 사진도 글도 질이 다르다며 떠받들어주었다. 처음에는 재미로 시작했지만 수혁은 점점 게시판에 빠져들었다. 그곳에서 수혁 씨는 '작가님'으로 대접받았다. 쉴 때면 방에 드러누워 게시판을 읽고, 댓글을 다는 것이 수혁 씨의 일상이었다.

커뮤니티에는 다른 사진 게시판도 있었다. 그중 '사진 작품 게시판'은 라면 마니아 게시판 바로 아래 있다. 이름이 알려진 사진작가들과 평론가들, 사진 잡지 편집장도 자주 찾아온다는 게시판이다.

수혁 씨의 눈동자가 0.5밀리 아래로 움직였다. 마우스의 포인터가 아래로 향할 듯 말 듯 방황했다.

"한 대리 그 새끼. 내일도 라면 대가리려나."

수혁 씨는 그대로 노트북을 덮어버렸다.

2.

수혁 씨는 눈을 비볐다. 골목 옆을 지나는 사람도, 전철 안 사람도, 사무소에서 인사를 건네는 사람도 모두 라면이었다.

하루 만에 모든 사람의 얼굴이, 라면으로 바뀌어버렸다.

"안녕하세요. 수혁 형."

스케줄 표 앞에서 초록색 면이 방긋 웃었다. 동그란 면 위에 일자로 놓여 있던 대파의 끝 부분이 활처럼 휘었다. 수혁 씨는 초록색 면의 이름표를 봤다. 관광 사진사인 권이다. 대학 이 학년 사진과. 아르바이트로 이 일을 한다고 했었다. 수혁 씨가 보기에 권은 좀 별났다. 권은 손님이 고함을 질러도 웃었고, 한 대리가 타박을 줘도 웃었다.

"한 대리님. 오늘 자리에 없네?"

라면에게 말을 거는 날이 올 줄이야. 수혁 씨는 너무 권을 보지 않으려, 칠판에 쓰인 스케줄에 집중하려 했다. 그런데도 자꾸만 힐끔힐끔 옆을 보게 됐다.

'초록색 면…… 구불한 정도가 약한 걸 보니 튀기지 않은 면이네. 굵기도 얇고. 으음……. 저 라면 이름이……. 건강 라면이었는데. 안 팔려서 없어졌는데.'

수혁 씨의 머릿속에서 수십 가지의 라면 이름이 떠돌았다.

"한 대리님이 누군데요?"

"응? 정산해주는 사람. 넌 한 대리님한테 안 받아?"

"에이. 형도. 정산해주는 건 최 대리님이잖아요. 한 대리님은 대체 누구예요."

수혁은 뒤를 봤다. 한 대리의 자리에 다른 사람이 앉아 있었다. 정확히는 다른 라면이. 책상 위에 놓인 이름표도 바뀌어 있었다.

'뭐지. 하루 만에 그만둔 거야? 혹시 그 인간 때문에 이렇게 이상한 일이 생기고 있는 거 아냐? 나한테 뭔가 이상한 짓을 해서 주변 사람 다 라면으로 보이게 만들고……. 들킬까 봐 도망갔다던가.'

수혁 씨는 한 대리의 자리로 다가갔다. 한 대리의 후덕

한 몸이며 기름기 가득한 얼굴은 음모론과는 전혀 어울리지 않았다. 하지만 사람이 라면으로 보이는 마당에, 그런 일쯤 못 일어날까 싶었다.

"한 대리? 누군데."

"모르는데요. 보세요. 여기, 직원 명단에도 그런 이름 없는데."

귀신이 곡할 노릇이었다. 사무소 안 누구도 한 대리를 기억하지 못했다. 꼭 한 대리란 사람이 아예 없었던 듯 굴었다. 수혁 씨는 어리둥절한 채 일을 나갔다. 관광객들의 얼굴도 모두 라면이었다. 팔다리가 달린 라면들 사이에서 수혁 씨는 사진을 찍고 일을 마쳤다.

집에 와서 찬장을 열었다.

"있다. 있어."

수혁 씨는 찬장 안쪽에서 라면 한 봉지를 꺼냈다. 초록색 면발. 권의 얼굴을 볼 때부터 신경 쓰였던 라면이다. 클로렐라를 섞어서 면이 초록색인 것이 특징인데, 인기는 없었다. 수혁 씨는 유통기한이 아슬아슬 남아 있는 걸 확인하곤 물을 끓였다. 언제나처럼 라면을 끓여 먹었다. 권의 입술 대신 걸쳐 있던 파도 송송 썰어 넣어 먹었다.

다음 날도 수혁 씨의 눈에 사람들의 얼굴은 모두 라면

으로 보였다. 그 다음 날도였다. 수혁 씨는 이름표가 없어도 누가 누구인지 알 수 있게 되었다. 목소리나 몸짓, 수혁 씨를 대하는 태도 등이 의외로 쉽게, 누구인지를 알려주었다. 텔레비전과 인터넷, 사진에서는 사람들이 이전처럼 제대로 사람 얼굴로 보인다는 것도 알았다. 그러니 불편한 것은 없었다.

오히려 좋았다.

관광객에게 무시를 당해도 사람 얼굴이 아니니 기분이 덜 나빴다. 지하철에서 우락부락 덩치 좋은 누군가 어깨를 치고 지나가도 그랬다. 고작 라면 주제에. 수혁 씨는 십여 일 내내, 그날 먹을 라면으로 자신을 기분 나쁘게 한 상대의 얼굴을 골랐다.

그것을 눈앞에서 보기 전까지는 그랬다.

운 없는 날이었다. 고작 세 팀이 앨범을 샀다. 수혁 씨가 슬쩍 관심을 두고 있던 가이드 양이, 남자친구가 있다는 소문을 들었다. 카메라 렌즈 캡을 잃어버렸다. 캡만 해도 이만 원이 넘었다. 집까지 갈 기운이 없었다. 수혁 씨는 전철 앞 편의점에 들렀다. 주먹밥이나 먹을까 싶어 진열대를 기웃거리는데, 아르바이트생이 수혁 씨를 밀쳤다.

"아저씨. 계속 서 있으면 정리 못 하거든요. 빨리 고르고 좀 비키세요."

아르바이트생은 컵라면이었다. 봉지 라면보다 작고, 면발이 가늘었다. 수혁 씨는 컵라면은 많이 먹지 않았다. 봉지 라면에 비해 가성비가 나쁘고, 재활용품 내놓기도 귀찮았다. 아무리 봐도 아르바이트생이 무슨 라면인지 잘 감이 잡히지 않았다.

아무려면 어때. 수혁 씨는 컵라면 진열대에 제일 많이 놓인 제품을 집어 들었다. 수혁 씨는 편의점 안에 자리 잡고 앉아, 컵라면에 물을 받았다. 계산대에서 바코드를 찍고 있는 아르바이트생을 곁눈질로 노려보며 면을 젓가락에 둘둘 말아 입에 넣었다.

라면이 수혁 씨의 목 아래로 넘어갔다. 순간 수혁 씨는 사레가 들릴 뻔했다. 수혁 씨의 눈앞에서, 아르바이트생의 몸이 투명하니 흐릿해져 갔다. 수혁 씨는 눈을 비볐다. 편의점 안의 다른 사람들은 아무렇지 않아 보였다. 몇몇의 라면 얼굴을 단 사람들은 여상히 과자를 고르고, 계산대에 줄을 섰다. 누구도 아르바이트생이 사라져 가는 것에 신경 쓰지 않았다.

수혁 씨는 뺨을 꼬집었다. 놀란 가슴을 진정시키려 컵라면을 부여잡고 마시듯 입안에 쓸어 넣었다. 얇은 면발이

스르륵 빨려 들어갔다.

탕. 수혁 씨는 작은 플라스틱 용기를 소리 나게 내려놓았다.

'사람 얼굴이 라면으로 보이더니. 이젠 별게 다. 역시 안과에 가봐야겠어. 혹시 정신과에 가라고 하면 어떻게 하지? 그건 싫은데…….'

수혁 씨는 카메라를 챙겨 들고 자리에서 일어났다. 우뚝, 제자리에 멈춰 섰다.

사라졌다.

아르바이트생이 바람에 모래가 쓸려가듯 사라졌다. 아르바이트생이 들고 있던 바코드 기계가 덜컹, 계산대 위에 떨어졌다. 바코드 기의 붉은 빛이 깜빡였다.

그러고 보니, 권을 마지막으로 본 게 언제였더라.

지저분한 편의점 테이블 위에 놓인 컵라면 용기가 무척 커 보였다.

3.

양이 물었다.

"수혁 씨. 무슨 일 있어요? 안색이 통 안 좋은데요."

수혁 씨는 고개를 가로저었다. 사실 무슨 일이 있는 게 맞았다. 여전히 사람들의 얼굴은 라면인 채였고, 수혁 씨는 한 달째 라면을 먹지 못하고 있었다. 또 사람이 사라지면 어쩌나 싶어서였다.

라면을 먹지 못한다는 것.

찬장에 쌓인 라면을 두고, 다른 음식을 사려니 지출이 늘었다. 즉석 밥을 먹어도 국물 할 것이 없으니 영 넘어가지 않았다. 삼각 김밥이나 도시락은 유통기한이 길지 않아 매번 편의점에 들려야 하는 것도 번거로웠다. 그렇다고 하루 열 시간 가까이 관광객들을 쫓아다닌 뒤, 집에 와 요리를 할 기운이 새삼 생기지도 않았다. 저녁을 빵 한두 개로 때우니 먹어도 먹은 것 같지가 않았다.

하지만 그보다 힘든 건, 라면 마니아 게시판에 사진을 올릴 수 없다는 거였다. '면킹 포토'가 한 달 넘게 글을 올리지 않자 게시판에는 온갖 억측이 떠돌기 시작했다. '면킹 포토'가 라면만 먹다 병원에 실려 갔다느니, 라면 개발부에 스카우트되어가서 더이상 안 나타나는 거라느니 하는 글들이 보였다. 직접 쪽지를 보낸 사람도 있었다. 글 왜 안 올리세요. 그 질문에 수혁 씨는 답할 수 없었다. 제가 라면을 먹으면 사람이 사라져요. 그렇게 답 쪽지를 보냈다가는 '면킹 포토'가 미쳤다는 새로운 소문이 돌기 시작할 게 분명했다. 나도 올리고 싶다고. 나도. 수혁 씨의 혼잣말은 게시판을 볼 때마다 점점 커졌다. 역시 면킹 포토의 사진이 최고라던 댓글들이 그리웠다. 칭찬과 환호. 그것들이 없어지니 잠을 자도 하루의 피로가 풀리지를 않았다.

"괜찮아요. 오늘 같이 나가네요. 우리."

"남이섬 투어 포함에 중국인 단체 40명. 어휴. 바쁘겠네요. 같이 힘내요. 우리."

그렇다고 양 앞에서 우는 소리를 하고 싶지는 않았다. 대학 졸업반에 중국어 전공. 차차 전문 가이드가 되는 게 꿈이라는 양은 늘 밝았다. 수혁 씨는 양을 일 년 넘게 짝사랑하고 있었다. 양도 은근 수혁 자신에게 마음이 있다 믿었다. 양은 같은 팀이 되어 움직일 때마다, 수혁 씨의 사진을 칭찬하곤 했다.

그뿐인가. 이 한 달, 양은 수혁 씨에게 그야말로 위안이 되는 존재가 되었다. 양의 얼굴만은 라면으로 보이지 않던 것이다. 양이 라면 아닌 멀쩡한 얼굴로 사무소에 들어섰을 때, 수혁은 여신님이 눈앞에 나타난 기분이었다. 무인도에 살다 프라이데이를 구출한 로빈스 쿠루소의 심정을 알 것만 같았다. 양이 남자친구와 헤어졌단 애기를 들었을 때는 당연하다 여겼다. 수혁 씨는 그를 본 적은 없었지만, 그도 분명 라면일 터였다. 사람과 라면이 어떻게 잘될 수가 있겠어. 사람은 사람과 이어져야지. 수혁 씨는 결국 양이 자신과 사귀게 될 거라 굳게 믿었다.

사무소를 나오자 흐린 날씨가 수혁 씨의 기분을 더 나쁘게 만들었다. 구름이 가득 낀 것이, 햇빛이 전혀 보이지 않았다. 오늘 사진 판매율이 좋지 못할 것이 뻔히 보였다. 관광객들이 원하는 건 화창한 날에, 드라마 촬영지를 배경으로 선 자신의 모습이었다. 우중충한 날씨를 등지고 선 모습이 아니었다. 남이섬에 도착하면 날이 좀 좋아지기를 빌며 수혁 씨는 관광버스에 타 앉았다. 오늘도 버스 안은 라면들로 가득 차 있었다. 다 처음 보는 라면들이다.

얼굴을 대신하게 된 라면은, 아무래도 그 사람이 제일 많이 먹은 것이 아닐까 수혁 씨는 추측하고 있었다. 관광지에서 만나는 중국인들과 일본인들은 대부분 수혁 씨에게 낯선 라면을 얼굴 자리에 매달고 있었다. 그나마 몇몇, 먹어본 일본 라면들을 알아본 덕에 해낼 수 있었던 추리였다. 아니면 그 사람이 제일 좋아하는 라면이던가. 확실한 건, 반드시 스프가 위에 뿌려져 있다는 것. 그리고 토핑은 사람에 따라 올라가거나 올라가지 않을 때도 있다는 것 그 정도였다.

버스 안에서 그나마 눈에 익은 라면은 하나뿐이었다. 예전에 중국 관광객에게 선물로 받은 라면이었다. 면 색깔이 검은데다 한방 약재 냄새가 났었다. 중국에서도 썩 많이 먹는 라면은 아니라고 들었다. 수혁 씨 입에도 썩 맞지 않았다. 하나 끓여 먹고 남은 두 개는 찬장 속에 넣어둔 채였다.

검은 라면이 수혁 씨 얼굴에 부침개를 던진 건, 점심을 먹을 때였다. 검은 라면은 다다다 무언가 아주 빠르게 말하며 수혁 씨에게 삿대질을 했다. 수혁 씨는 중국어는 몰랐지만, 욕일 거라 짐작할 수 있는 몸짓과 목소리 톤이었다.

"아니에요. 선생님. 사진은 공짜가 아니라 산다고 신청하신 분에게만 드려요. 그래서 사진사분이 먼저 사시겠다고 한 분께만 사진을 보여 드린 거예요. 선생님을 무시한 게 아니고요."

양이 달려와 중국어와 한국어를 섞어 말해가며 검은 라면을 달랬다. 검은 라면은, 수혁 씨가 검은 라면 옆자리에 앉은 사람에게만 사진을 보여준 것을 트집 잡고 있었다. 검은 라면은 수혁 씨의 앞에 와 섰다. 대뜸 수혁 씨가 목에 걸고 있던 카메라를 잡아챘다. 카메라 스트랩을 걸고 있던 수혁 씨의 목이 휙 아래로 끌려 내려갔다. 검은 라면은 수혁 씨보다 십 센티 정도 작았고, 삼십 킬로그램 정도 더 나가 보였다. 검은 라면은 카메라 액정을 들여다보았다. 수혁 씨의 몸은 구부려진 채였다.

"흥. 테러블. 낫 굿. 캔트 리시브 머니. 프리. 프리. 디스포토, 오올 프리!"

검은 라면이 거만하게 웃었다. 식당에 앉아 있던 관광객들이 입 맞춰 외치기 시작했다. 프리. 프리. 양이 사람들 사이를 바삐 돌아다녔다. 진정하세요. 낯선 중국어와 웃음소리가 수혁 씨의 구부려진 등 위에 올라탔다.

앨범 판매량은 제로였다.

수혁 씨는 집에 오자마자 찬장을 열었다. 안쪽에서 선물받았던 중국 라면을 찾아냈다. 주저 없이 물을 끓이고 봉지를 열었다. 검은 라면과 스프를 냄비에 쏟아 부었다. 면 위에 뭔가, 토핑이 있었던가. 수혁 씨는 카메라를 확인했다. 사진 속에서 검은 라면은 라면이 아니었다. 눈썹이 두껍고 튀어나온 이마와 금니를 가진 50대 남자였다. 사진 속 얼굴을 뚫어지라 보자, 토핑이 무엇이었는지가 기억났다. 시금치 비슷한 야채와 팽이버섯이었다. 수혁 씨는 냉장고를 뒤졌다. 구석에서 시들어가는, 정체 모를 녹색 야

채 한 줄기가 있었다. 팽이버섯 쪼가리도 찾아냈다. 둘 다
냄비에 던져 넣었다.

수혁 씨는 불을 끄자마자 가스레인지 앞에서 라면을 먹
었다. 검은 라면은 역시나 수혁 씨의 입에 맞지 않았다. 토
할 것 같은 맛이로군. 수혁 씨는 꾸역꾸역 먹었다.

검은 라면이 사라질지 아닐지 수혁 씨는 알 수 없었다.
확인할 방법도 없었다.

냄비 가장 구석에 고여 있던 짜고 매운 국물 한 모금이
수혁 씨의 목울대를 울렸다. 오랜만에 맛보는 칼칼함이 식
도를 긁고 넘어가 배를 뒤틀었다. 저릿한 쾌감이 몰려왔
다.

다시 라면을 먹자.

수혁 씨는 마음먹었다.

'나를 괴롭히는 것들은 먹어 없애야 해.'

수혁 씨의 입술이 기름으로 붉게 번들거렸다.

4.

수혁 씨는 힘차게 마우스를 눌렀다. 면킹 포토 완전 부

활. 라면이 화면 밖으로 튀어나올 듯. 사진에서 존맛이 느껴짐. 흡족했다.

한 달여 동안 수혁 씨는 다섯 명의 라면을 먹었다. 진상 손님 세 명, 동창회에서 수혁 씨를 깔본 친구 한 명, 수혁 씨를 몸종처럼 취급한 가이드 한 명이었다.

그 몇 번의 경험을 통해 수혁 씨가 알게 된 것도 있었다. 수혁 씨가 먹는 라면과 일치하는 모든 사람이 사라지는 것이 아니라는 거였다. 수혁 씨와 어떤 식이든 접촉이 있었던 사람만 대상이 되는 듯했다.

그걸 알게 된 건, 수혁 씨가 평소 마음에 들지 않던 연예인을 먹어보려 했을 때였다. 수혁 씨는 방송국 앞을 서성여 그 연예인을 봤다. 라면 종류를 확인하고, 집에 와 끓였다. 하지만 그 연예인은 계속 멀쩡하게 텔레비전에 나왔다.

수혁 씨에게는 새로운 습관이 생겼다. 수혁 씨는 라면을 끓이기 전, 냄비 물을 보며 지긋이 상대의 얼굴을 떠올렸다. 그 사람이 수혁 씨에게 했던 기분 나쁜 말과 행동을 되살렸다. 라면이 끓기 시작하면 수혁 씨는 상대의 얼굴을 마구 때리는 상상을 하며 카메라 셔터를 눌렀다. 찰칵. 찰칵. 셔터 소리가 울릴 때마다 쾌감이 몰려왔다.

그렇게 찍은 사진 속의 라면은 놀라울 정도로 맛있어 보였다. 예전처럼 매일 업로드를 하지는 못했지만, 게시판에 사진을 올릴 때마다 예전과는 비교도 할 수 없는 칭찬들이 쏟아졌다.

라면 회사에서 상품 포장지에 인쇄될 제품을 찍어보지 않겠냐는 연락을 받던 날, 수혁 씨는 좁은 빌라가 떠나가라 환호성을 질렀다. 라면을 시작으로 의류, 보석, 연예인 화보까지 거침없이 찍어 나가는 자신의 모습이 마구 상상되었다.

수혁 씨가 대발견을 한 건, 그 연락을 받은 주의 토요일이었다.

수혁 씨는 언제나처럼 관광 사진사 일을 하고 있었다. 이 일의 몇 안 되는 좋은 점은 점심 식사가 공짜라는 거였다. 패키지에 포함되어 있는 관광지의 식당은 대부분 비싸고 맛이 없었다. 내 돈 주고는 절대 안 먹는다. 수혁 씨는 투덜거리면서도 매번 밥그릇을 깨끗이 비웠다. 어쨌든 그건 수혁 씨가 나물이며 구운 생선 등을 먹을 수 있는 거의 유일한 기회였다.

그날의 점심은 부대찌개였다.

부대찌개의 내용물이 반쯤 사라졌을 때 누군가 외쳤다. 라면 사리 추가요. 냄비 속에서 햄을 찾고 있던 수혁 씨의 젓가락이 일순 멈췄다. 라면이 라면을 주문하는 광경이 이상해서가 아니었다. 수혁 씨는 이미 사람들의 얼굴이 라면으로 보이는 것에 익숙해져 있었다. 편의점에서 누군가 컵라면을 먹는 걸 보고 짜장면이 짬뽕 라면을 먹다니 진정한 짬짜면이네, 하고 생각하는 정도였다.

부대찌개에 넣은 라면.

수혁 씨의 '좋아하는 음식 베트스 5' 안에 드는 것이었다. 그건 집에서 혼자 끓여 먹을 수 없는 것이었다. 집에서 부대찌개를 끓이기도 귀찮거니와, 일 인분을 끓여 먹고 남은 부대찌개에 라면을 넣으면 어쩐지 맛이 나지 않았다. 부대찌개 맛 라면도 마찬가지였다. 부대찌개에 사리로 넣는 라면. 그 맛은 오직 식당에서, 그것도 이삼인 분 이상 팔팔 끓여 먹고 남은 부대찌개에만 존재했다.

수혁 씨는 주변을 둘러봤다. 오늘은 일본 라면들이다. 그중에 부대찌개 라면이 있을 것 같지는 않았다. 애당초 부대찌개에 사리로 넣은 라면도, 라면에 포함이 되는 것인가도 싶었다.

수혁 씨는 망설였다. 하지만 면발이 부대찌개의 걸쭉한 국물을 빨아들이는 것을 본 순간, 망설임을 더이상 이어갈 수 없었다.

'에이. 먹고 생각하자.'

식탁을 둘러싸고 앉은 다른 사람들도 열심히 면을 먹기 시작했다. 라면도 라면을 먹는데, 사람이 라면을 왜 못 먹어. 수혁은 그릇 가득 면을 덜었다.

"수혁 씨. 슬슬."

가이드가 고개를 까닥였다. 관광객들보다 먼저 식당을 나가, 다음 일정을 체크하라는 신호였다. 원래 가이드가 해야 될 일이었다. 자기 일을 떠넘기기나 하고. 수혁 씨는 가이드를 다음 주 먹을 라면 후보에 올렸다.

수혁 씨는 식당을 나와 담배를 꺼내 물었다. 카메라를 들어 뷰파인더를 눈에 댔다. 망원 렌즈를 이리저리 당겨 보았다. 식당 입구에 선 소나무가 꽤나 근사했다. 기와로 지붕을 올린 식당과 함께 담으면 어떨까 싶었다. 수혁 씨는 구도를 잡으러 좀 더 앞으로 걸음을 옮겼다. 수혁 씨의 렌즈에, 소나무 아래로 걸어가는 반투명한 사람의 몸이 들어왔다. 분홍색 몸뻬 바지를 본 기억이 났다. 식당 주인 아주머니다. 수혁 씨는 좀 더 렌즈를 당겼다. 식당을 들어오다 봤던 식당 아주머니가 떠올랐다. 올리어진 것 하나 없이 밋밋했던 라면. 스프도 뿌려져 있지 않은 라면이 얼굴을 대시하고 있는 건 처음 본 것이었던지라, 특이하네 했었다.

라면 사리였구나. 그게.

수혁 씨의 손이 덜덜 떨렸다. 딱 두 번째였다. 눈앞에서 사람이 사라지는 것을 직접 보는 것은. 그러나 수혁 씨의 손 떨림은 서서히 잦아들었다. 아주머니와 손이든 뭐든 닿은 적이 있었나를 더듬다 떠올린 것이다. 아주머니는 식당으로 들어서는 수혁 씨의 등을 툭 밀며 중얼거렸었다. 허우대는 멀쩡해서는.

흘려들었던 그 말이 점점 기분 나쁘게 덩치를 불려 갔다. 허우대는 멀쩡하다니, 무슨 뜻인데. 그럼 다른 건 멀쩡하지 않다는 건가. 관광 사진사나 하고 있다고 비웃었던 게 분명하다. 라면 주제에. 그것도 다른 사람은 다 가진 스프 한 톨 없는 라면 주제에! 수혁 씨는 다시 뷰파인더를 봤다. 계속해서 셔터를 눌렀다. 라면 사진을 찍을 때처럼 쾅쾅, 상대의 몸을 두들겨 패듯 사진을 찍었다. 수혁 씨의 이마에 송골송골 땀이 맺혔다. 수혁 씨가 카메라를 눈에서 떼었을 때, 아주머니는 사라져 있었다.

"아. 이놈의 마누라. 어디 갔⋯⋯."

식당 문밖으로 빠끔히 고개를 내밀고 고함을 지르던 주인 남자의 말끝이 흐려졌다.

"……내가 누구한테 소리를 지르는 거야. 지금?"

주인 남자의 고개가 식당 안으로 사라졌다. 관광 팀이 우르르 식당 밖으로 나왔다.

수혁 씨는 집에 와 사진을 봤다. 헉, 소리가 튀어나왔다. 식당에서 찍은 사진은 수혁 씨가 이제껏 찍은 사진들 중 가장 훌륭했다. 무언가, 아우라가 있었다. 수혁 씨는 서둘러 사진을 노트북에 옮겼다. 커뮤니티에 들어갔다. 한참 동안 마우스 위에 검지를 올리고 달달 떨다, 사진 갤러리를 클릭했다.

사진을 올렸다.

수혁 씨가 마른침을 삼키기도 전에 댓글이 몰려왔다. 이렇게 느낌 있는 사진은 오랜만이다. 카메라 뭐 쓰세요. 숨은 고수 등장. 평범한 일상 풍경을 예술로 만드는 게 진짜 사진가지. 설정 값 좀 알려주세요……. 사진과를 다닐 때에도, 고군분투하며 사진을 찍으러 다닐 때에도, 웨딩숍에서 일할 때에도, 그 어느 때에도 들어본 적 없던 칭찬들이었다. 그중에는 이름이 알려진 사진작가의 댓글도 있었다. 고수님, 자주 봅시다. 띠링. 쪽지가 왔다. 사진 잡지 K인데, 이 작품을 투고작으로 실어도 되겠습니까.

이 세상에 존재하는 라면의 수만큼, 최고의 사진을 찍을 수 있을 것이다.

　수혁 씨가 퍼뜩 깨달은, 그야말로 대발견이었다.

　　5.

　수혁 씨는 전시장을 뿌듯하니 둘러봤다.

　"오픈은 내일 오후 두 시입니다. 아시죠? 내일 난다 긴다 하는 평론가들 다 오는 거. 잡지 취재도 세 군데나 온다고 하고. 저희 갤러리에서 소개하는 신인인 만큼, 다들 기대가 큽니다."

　갤러리 매니저의 말이 기분 좋은 음악처럼 들렸다. 수혁 씨는 고개를 끄덕이며 벽에 걸린 자신의 사진을 한 점 한 점 들여다보았다.

　반년 간, 갤러리에 걸린 작품의 수만큼 수혁 씨는 라면을 먹었다.

　밖에서 먹었다. 찍고 싶은 것이 있는 곳에 버너를 걸고 끓여 먹었다. 지나가는 사람 중 챙겨 온 라면과 딱 맞는 얼굴이 바로 눈에 띄면 운이 좋구나, 했다. 수혁 씨는 그런 사람을 발견하면 얼른 다가가 툭, 어깨를 부딪쳤다. 그리

곧 최대한 상냥하게, 마음을 담아 사과했다.

죄송합니다.

상대가 화를 내거나, 고개만 끄덕이거나, 괜찮다고 말하거나 어쨌든 좋았다.

버너에서 라면이 끓기 시작하면 수혁 씨는 상대를 계속 눈으로 쫓았다. 분명 내 욕을 하고 있는 거야. 그렇지 않으면 저렇게 빨리 걸을 리가. 내가 보는 것도 싫다 이거지. 라면 주제에. 내 사과에 대답도 안 했어. 수혁 씨는 상대에 대해 끌어올릴 수 있는 분노를 모두 쥐어짜냈다. 라면이 익으면 입안이 데는 것쯤 아랑곳없이 들이키듯 먹었다. 상대가 시야에서 사라지기 전에 셔터를 눌러야만 했다.

수혁 씨는 상대가 완전히 사라진 후에야 얼얼한 입천장에서 까진 살을 벗겨냈다. 더이상 라면 맛은 중요하지 않았다. 중요한 건, 그렇게 찍은 사진들이 더없이 훌륭하다는 것, 수혁 씨의 이름이 점점 사진작가로 이름이 알려지기 시작했다는 거였다.

"수혁 씨는 라면을 정말 좋아하나 봐."

양은 수혁의 집에서 처음 머문 날, 찬장을 열어보곤 감탄했다. 수혁 씨가 양과 사귄지 어느새 석 달째였다. 수혁 씨는 대답 없이 슬며시 찬장 문을 닫았다.

"뭐 그냥. 빨리 밥이나 먹자. 보쌈 식는다."

"나 때문에 라면 먹고 싶은데 참는 거 아냐?"

양은 밀가루 알레르기 때문에 라면을 한 번도 먹어 본 적이 없다고 했다. 그래서였군. 수혁 씨는 양의 이야기를 듣고서야, 왜 양만 라면으로 변하지 않았던 것인지를 알았다.

"아니래도! 아, 밥이나 먹자고!"

수혁 씨는 짜증을 냈다. 양과 사귀기 시작했을 때, 수혁 씨는 결심했었다. 평생 동안 양을 행복하게 해주겠다고. 그러나 점차 사진 일이 들어오고, 관광 사진사가 아닌 '포토그래퍼 수혁'으로 인정받게 되어가자 양의 단점이 하나씩 수혁 씨의 눈에 들어왔다. 턱이 너무 좀, 사각인 것 같았다. 통통하고 귀엽던 몸매가 뚱뚱한 듯 보이기 시작했고, 쾌활해 좋았던 성격은 푼수인 듯 느껴졌다. 갤러리에서 개인전을 열어보지 않겠냐는 제안을 받고 난 후로는 노골적으로 아쉬워했다. 왜 주변에 양보다 예쁘고, 좀 더 조건이 좋고, 라면을 한 번도 안 먹은 여자가 보이지 않는 걸까. 유명 사진작가가 될 자신의 미래에, 가이드 일을 하는 아내는 좀 부족한 듯 여겨졌다.

'외국에는 라면을 한 번도 안 먹은 여자가 좀 더 많겠지. 혹시 알아. 유명한 아트 디렉터 중에 그런 여자가 있을지.

아냐, 분명 있을 거야.'

수혁 씨는 마음먹었다. 개인전 오프닝이 끝나면, 양에게 헤어지자고 하자고.

'하지만 이왕 집까지 데려온 거⋯⋯.'

수혁 씨는 양의 몸을 발끝부터 어깨까지 훑어보며 입맛을 다셨다. 삼 개월이나 공을 들였으니 한 번쯤, 받아낼 건 받아내야지 싶었다.

"왜 화를 내. 수혁 씨. 요즘 데이트할 때도 신경이 딴 데가 있는 것 같고. 자기 집에 온 거 처음이라 기대했는데."

수혁 씨는 상 앞에 양반다리를 하고 앉은 양에게 바짝 붙어 앉았다. 배달 온 보쌈의 비닐봉지를 푸는 양의 손에 깍지를 끼며, 다른 한 손으로 양의 허벅지를 쓰다듬었다. 순간 양은 엉덩이에 불이라도 붙은 양, 앉은 채 뛰어올랐다.

"수혁 씨. 하지 마. 내가 그랬지. 결혼하기 전까지는 선 안 넘을 거라고."

"아직도 그 소리야? 야, 말이 되냐? 조선시대도 아니고."

"자기도 나랑 같은 생각이라며. 그래서 사귀었던 건데. 왜 자꾸 말이 바뀌어."

"미친. 처음에야 네 기분 맞춰주려고 그런 거지!"

"하지 마, 하지 말라고!"

수혁 씨는　달아나는 양의 몸을 깔아뭉갰다. 상에서 떨어진 보쌈이, 포장 용기에서 쏟아져 바닥에 짓눌렸다. 수혁 씨가 양의 가슴을 움켜쥔 순간, 양의 다리가 수혁 씨의 성기를 걷어찼다. 수혁 씨는 몸을 웅크리고 바닥을 굴렀다.

　"신고할 거야!"

　양이 휴대폰을 꺼내 들었다. 수혁 씨는 양이 덜덜 떨리는 손으로, 번호를 누르는 것을 보고 번쩍 정신이 들었다. 내일이 개인전 오프닝인데, 문제를 일으킬 순 없었다. 수혁 씨는 어기적어기적 몸을 일으켜, 양 앞에 엎드렸다.

　"미안해! 너를 너무 좋아해서, 그래서 순간적으로 정신이 나갔어. 진짜야. 제발 신고하지는 마. 나 얼마나 열심히 준비해 왔는지 네가 제일 잘 알잖아. 응? 앞으로 잘할게. 한 번만, 한 번만 봐줘."

　양은 망설였고, 수혁 씨는 양이 망설이는 동안 입 안 살을 지그시 깨물었다.

　'이런 일에 신고? 날 쥐고 흔들려고 작정을 했던 거야. 그래. 선을 안 넘네 어쩌고 하면서 나를 몸 달게 만들고, 이런 식으로 함정에 빠뜨리려고 했던 게 분명해. 저렇게 망설이는 척하면서, 나를 내려다보려고! 나 같은 천재 포토그래퍼를 쥐고 흔드는 게 재미있는 거지.'

수혁 씨는 입안 살을 씹으며, 어떻게 양에게 복수를 할지 곰곰이 생각했다.

"…알았어. 진짜 한 번만 봐주는 거야. 난 이만, 갈게."

양의 누그러진 목소리가, 엎드린 수혁 씨의 머리 위로 툭 떨어졌다. 수혁 씨는 양이 바닥에 놓았던 가방을 집어드는 것을 곁눈질로 보다, 양의 발목을 덥석 붙잡았다.

"…라면 먹고 갈래?"

"나 밀가루 알레르기라니깐."

"쌀로 만든 라면 있어. 내가, 너무 미안해서. 내가 제일 잘하는 게 라면 끓이는 것밖에 없으니깐, 사과의 뜻으로 진짜 맛있게 한 그릇 끓여주고 싶어서 그래."

"…나 지금, 뭐 먹을 수 있을 것 같지가 않아."

"그럼 내일 아침에라도. 오프닝 같이 갈 거잖아. 그 전에 우리 집에서, 밥 같이 먹고 가자."

양은 썩 내키지 않아 했지만, 결국 알았다고 했다. 안 그러면 수혁 씨가 발목을 놔줄 것 같지 않았으니깐. 양이 집을 나서고, 수혁 씨는 그대로 벌렁, 천장을 보고 드러누웠다. 천장의 낡은 벽지가 양과의 관계처럼 느껴졌다.

'어떻게든 한입만 먹게 하면 돼. 그러면…….'

저 낡은 벽지를 싹 뜯어내고 새 벽지로 바르듯이, 양을 치워버리고 그 자리에 새것을 가져다 놓으면 될 일이었다. 수혁 씨는 흡족한 미소를 지었다.

그 순간, 천장에서 번쩍, 강한 빛이 내리쳤다.

수혁 씨는 저도 모르게 양팔로 얼굴을 가렸다. 방의 전등이 오래되어 터진 것인가 했다. 한참 동안 얼굴을 가리고 있어도 파편이 떨어지지 않자, 수혁 씨는 팔 사이로 천장을 봤다.

꾸불꾸불. 꾸불꾸불.

천장의 빛이 지렁이처럼 모여들고 있었다. 꼭 털실 뭉치 같았다. 수혁 씨는 윗몸을 일으켜 앉았다.

'아니. 털실이 아니지. 저건 꼭……'

라면. 빛 뭉치의 모양새는 어떻게 봐도 라면이었다.

"드디어 실험이 끝났군. 이봐. 그동안 수고 많았어."

빛나는 라면에서 웅얼웅얼, 울리는 듯한 목소리가 퍼져나왔다.

"실험?"

수혁 씨는 얼결에 되물었다.

"그래. 미리 피실험자에게 말해두지 않으면, 실험 결과를 제출할 수가 없거든. 그놈의 우주 윤리위원회가 워낙 시끄러워야지. 어차피 날 만난 걸 기억도 못 할 텐데. 번거

롭다니깐. 보자, 흠."

빛나는 라면에서 구불구불한 면발 한 가닥이 쑥 뻗어 나왔다. 면발이 수혁 씨의 손가락을 휘감고 위아래로 흔들었다.

"첫 만남인데 인사는 하지. 난 우주 라면 권익 위원회 인스턴트 라면 분과 소속 정책 실험부 의장이라네."

"우주…… 뭐요?"

"한마디로 라면들의 권리를 지켜주는 거야. 전 우주에서, 라면을 먹을 가치가 있는 대상에게 라면이 공급되고 있는가를 조사하고, 개선 여지가 있는지 실험하는 거야."

"라면을 먹을 가치가 있는 대상?"

"라면이니깐 말이야. 먹히는 건 어쩔 수 없는 일이야. 하지만 라면도, 먹힐 상대를 고를 권리가 있지. 인간, 입장 바꿔 생각해 봐. 누가 너를 먹어서 에너지를 얻어. 근데 그 에너지로 하는 짓이라는 게 고작 여섯 살짜리 유치원생을 괴롭히는 그런 거야. 그럼 내 죽음이 무의미하게 느껴지지 않겠어?"

"그건……. 그럴지도 모르겠지만, 먹혔으니깐 아무 생각 없을 것 같은데……."

"라면들은 안 그래. 델리케이트하다고. 자신들의 존재

가치에 대해. 여기 지구, 특히나 한국은 인스턴트 라면의
종류와 소비량에서, 국가 면적 대비 기하급수적인 성장을
보이고 있는 곳이야. 그러니 테스트 대상으로 적합했지.
지구에 라면을 계속 공급할 것인가, 공급하지 않을 것인가
하는 테스트.”

수혁 씨는 놀랐다. 빛나는 라면의 말은 꼭, 라면을 먹지
못하게 될 수도 있다는 듯 들렸다. 게다가 그 결정권을 가진
게 사람이 아니라 라면들 쪽이라고 말하고 있지 않은가.

“라면은 사람이 만드는 건데, 누가 뭘 결정한다는 거야.”

“또 나왔군. 지구인들의 오만한 생각. 지구의 모든 음식
을 자기들이 만들어 낸 것인 줄 알지. 우주의 각종 음식 별
들의 의회가 언제쯤 지구 역사에 끼어들까, 살펴보고 있는
것도 모르면서 말이야. 예전에는 그래도 신이 주신 음식
이니 어쩌니 하며 겸손하고 고마워하는 척이라도 했는데
말이야. 너 그거 모르지? 우주 최고의 음식인 바르베르 촉
촉이 지구인들의 태도가 점점 건방져진다고, 지구에 개입
안 하겠다고 선언해버린 거. 안됐어. 지구인들도. 그 건방
진 태도 때문에 우주 최고 맛있는 음식을 영영 만날 수 없
게 됐으니깐. 우리 라면들도 어이가 없지만 말이야. 우리
를 만든 게 한국이니 중국이니 일본이니 자기들끼리 싸우

고 있고. 정작 중요한 건 안 하고 말이야."

"더 중요한 게 뭔데."

"당연히 라면이 지구인의 삶에 얼마나 긍정적인 영향을 끼쳤는지 연구하는 거지! 그래도 그런 태도까지는 이해할 수 있었어. 우리 라면들은. 원래 지구인들은 그런 족속인 걸 아니깐. 게다가 내가 속한 인스턴트 라면부는 천성적으로 지구인을 좋아하거든. 하지만 이 테스트는 해야만 해. 규칙이니깐."

"대체 무슨 테스트를 했다는 거야."

"간단해. 한국인 중에 한 명을 골라서, 피실험자로 삼는 거야. 실험 결과에 따라, 한국인이 계속 라면을 먹을 가치가 있는 종족인지를 판단하는 거지. 가치가 있다 여겨지면 현상 유지. 가치가 없다고 판단되면 철수. 이 경우는 일단 한국에서 철수 후, 다른 나라의 라면들에게도 이민 권고를 내릴 거야. 최종적으로는 지구에서 라면이 다 떠나게 되겠지. 이제까지 세 번의 실험이 이루어졌어. 너는 네 번째 피실험체지. 지금까지의 결과는 떠난다가 2, 남는다가 1이었어. 고로 이번 실험은 꽤 중요해."

"…내가 한국 대표 피실험체라고? 그럼, 그것 때문에 사람들이 라면으로 보인 거야?"

"그렇지. 우리의 기대 충족 설정선은 낮았어. 우린 네가 그 힘을 가지고, 무언가 옳은 일을 하기를 바란 게 아니야. 라면의 얼굴을 한 사람들. 먹음직한 그들을 해치지만 않으면 테스트는 통과였지."

빛나는 라면이, 스프라도 뿌린 듯 벌겋게 변했다.

"하지만 넌, 마지막 한 사람까지도 해치려고 했지. 라면을 이용해서. 낙제야, 낙제."

수혁 씨는 외치고 싶었다. 내가 뭘, 내가 뭘 어쨌다고 그래! 그런 엉터리 테스트는 인정할 수 없어, 라고. 그러나 수혁 씨가 입을 떼기도 전에, 빛나는 라면은 천장 안으로 쑥 빨려 들어가듯 사라졌다. 수혁 씨는 자리에서 일어나 천장을 향해 손을 마구 휘저었다. 빛은 잡히지 않았다. 언제 허공에 라면이 떠 있었냐는 듯, 방 안은 캄캄해졌다.

까무룩 졸음이 수혁 씨를 덮쳤다. 수혁 씨는 그대로 뒤로 벌렁 쓰러졌다. 죽은 듯이 자고 일어났을 때, 수혁 씨는 빛나는 라면을 기억하지 못했다. 그리고 손가락 끝에 간질간질한 위화감 역시, 알아차리지 못했다.

6.

수혁 씨는 갤러리 문 앞에서 열쇠를 꺼냈다. 첫 개인전의 첫날, 갤러리 문을 직접 열고 싶어 매니저에게 받아놓은 열쇠였다. 자신의 작품으로 가득할 갤러리의 공기를 만끽하려 숨을 있는 대로 내쉬고 안으로 들어섰다.

수혁 씨의 숨이 멎을 뻔했다.

갤러리의 벽에는 사진이 한 장도 걸려있지 않았다. 사진이 걸렸던 곳 바닥에 라면 봉지만이 구겨져 놓여 있을 뿐이었다. 수혁 씨는 가장 앞에 걸려 있던 사진 자리에 놓인, 주홍빛의 '라면 사리'라 쓰여 있는 봉지를 집어 들었다.

'앞으로 한 시간 뒤면, 사람들이 몰려올 텐데!'

수혁 씨는 갤러리를 뛰쳐나갔다.

'지금부터 다시 찍으면 돼. 시간은 있어. 그래!'

수혁 씨는 편의점으로 들어갔다. 라면 쪽으로 갔다. 편의점에 있는 라면을 전 종류 사서, 몽땅 끓여버리자 싶었다. 하지만 편의점 라면 코너는 텅 비어 있었다.

"뭐야. 어디 갔어, 라면 어디 갔냐고!"

수혁 씨는 미친 듯 주변을 두리번거렸다. 아르바이트생이 수혁 씨를 봤다. 아르바이트생의 얼굴에 난 커다란 사마귀가 유독 수혁 씨의 눈에 들어왔다.

"라면이요? 그게 뭔데요?"

"라면, 라면 말이야! 늘 여기 한가득……."

순간 간질간질, 손끝에 머물던 위화감이 단숨에 수혁 씨의 온몸에 퍼져 나갔다. 아르바이트생의 놀란 기색 역력한 눈빛과, 사마귀. 수혁 씨의 눈에 들어온 사람들은 모두 사람의 얼굴을 하고 있었다. 어디에도 라면은 없었다. 어제 저녁만 해도 팔을 흔들며 걸어 다니던 라면들은 멀쩡한 사람의 얼굴로 되돌아와 있었다.

수혁 씨의 가슴이 쿵쾅거렸다.

'이러면 사진을 찍을 수가 없어. 내 전시회가. 평론가들이. 그래. 집에 파일이 있으니깐 인화를 하자. 아아. 아니야. 오늘은 넘기더라도 앞으로는? 새로운 작품은? 라면, 라면이 없으면…….'

수혁 씨는 그 자리에 쪼그려 앉았다. 주머니 속 휴대폰을 꺼냈다. 한참이나 들어가지 않았던 라면 마니아 게시판에 접속했다. '접속 불가능한 페이지입니다.'하는 문구만이 떠올랐다.

"손님. 어디 아프세요? 저기요."

"뭐 하냐. 물건 정리 안 할래?"

"여기 손님이…….어, 아무도 없네. 뭐지. 점장님. 여기 누구 있지 않았어요?"

"누구? 아무도 없구먼."

아르바이트생의 목소리가 수혁 씨의 귀에서 아득히 멀리 있는 듯 울렸다. 부스럭. 비닐 우그러지는 소리는 무척 가까이서 들렸다. 수혁 씨는 손을 봤다. 전시장에서 들고 나온 '라면 사리' 비닐봉지가, 수혁 씨의 손에 들려 있었다. 라면 봉지 위에 구불구불하고 빛나는 라면 면발이, 춤을 추듯 글씨를 만들어냈다.

행성명 E.TH-01. 종족 휴먼. 피실험자 강수혁.

테스트 결과. 라면 먹을 가치도 없는 인간. 탈락.

라면의 임시 대피 상태를 명함.

라면 봉지를 움켜쥔 수혁 씨의 손에 힘이 들어갔다. 부스럭. 우그러지는 소리가 났다. 앞으로 누구도 라면을 알지 못했고, 기억하지 못할 터였다.

수혁 씨가 그리 되었듯이 말이다.

비밀로 남아야만 하는 이름

로즈 발렌타인이라니. 이 이름은 아무래도 좀.

그건 이 작고 꼬물거리는 생명체를 죽일 약물의 이름으로는 지나치게 로맨틱하다. 약물의 색이 빨강에 가까운 분홍색이라는 걸 말고는, 이런 이름이 붙을 이유를 아무리 해도 찾을 수가 없다. 로즈 발렌타인 500cc 병 하나 더 가져와야겠는데, 라는 말을 들을 때면 주사기를 내려놓고 칵테일이라도 만들어야 할 것만 같았다. 나는 저 이름이 무척 싫었지만 어쨌든 이 약물엔 정식 이름이 붙을 일이 없고(혹시 이 외계 생명체가 미국 백악관 위에까지 떨어지면 모를까), 무엇으로든 부르긴 불러야 했기에 나도 불렀다. 이건 크기가 좀 큰데, 로즈 발렌타인 20cc 정도 더 주사해도 될까요.

역시나 이 이름은 좀. 대체 누가 붙인 걸까, 이 이름.

물론 이럴 수도 있다. 이름을 붙인 누군가는 '이렇게 마구 죽이는 게 미안하니깐, 죄의식을 줄이게 약물 이름이라도 예쁘게 짓자.'라고 생각했을 수도. 하지만 일렬로 늘어서 탁구공만 한 생명체에 푹푹 주사를 찔러 넣고 있는 사람들을 보면 글쎄다. 그런 가능성은 아무래도 희박해 보인다. 그렇다고 누군가에게 물어볼 수도 없다. 연구소의 사람들끼리 대화를 나누는 분위기도 아니고, 나는 축산검역 본부에 근무하다 느닷없이 척출되어 왔을 뿐이다. 주사를 잘 찌른다는 이유 하나로, 퇴근하다가 잡혀 왔다.

'외계 우박 연구소.'

이게 지금 내가 갇혀 있는 연구소의 정식 명칭이다. 직원은 열두 명. 청와대 한쪽에 붙은 방에 갇힌 게 닷새 전이다. 내가 이곳에 왔을 때에는 이미 약이 개발되어 있었고, 나는 절대 비밀을 엄수하겠다는 서류에 사인하고, 흰색 작업복으로 갈아입은 후로는 주구장창 약만 주사라고 있다. 눈앞에 놓인 생명체, 외계 우박에게.

'비밀 엄수는 무슨. 저렇게 눈에 훤히 보이는데, 내가 입 다문다고 비밀이 되나.'

나는 플라스틱 수조에 손을 넣었다. 대여섯 마리의 우박 중 한 마리가, 내 손바닥 안에 찰싹 달라붙어 왔다. 손바닥 안을 보자, 우박은 나를 향해 폴짝폴짝 뛰어오르려는 듯

투명한 몸을 꼼지락 움직였다. 우박의 원통형 몸 한가운데는 바늘로 찍은 듯한 점 세 개가 뒤집어진 삼각형 모양으로 찍혀 있었는데, 아무래도 눈과 코인 듯했다. 어쨌든 그 세 개 점 중에 호흡기가 있는 건 확실했다. 점이 몸 안으로 약간 빨려 들어갔다가 나올 때마다, 투명한 몸 안에 연파랑으로 물들었다가 다시 투명해졌다. 우박이 빨아들인 산소는 순식간에 고체화되었다가, 산화되어 몸 안 어딘가로 사라지는 듯했다.

우박이라고 해도, 이것들은 우박이 아닌 생명체다.

외계 우박. 갑자기 쏟아졌다 해서 붙은 이름. 이것이 처음 떨어진 건 5월 15일이었다. 처음에는 한 개가 툭, 그 다음 날에는 두어 개가 더 투투툭, 삼일이 되던 날부터는 청와대 지붕을 부술 듯이 수십, 수백 개가 쏟아져 내렸다. 청와대 지붕은 무사했지만, 비서실은 무사할 수 없었다. 취임식 날짜조차 무당에게 날을 받아 들어온 대통령이었다. 느닷없이 하늘에서 떨어진, 반투명한 둥그런 물체는 그야말로 흉조였다. 그렇지 않아도 서울역에서 시작된, 민주화를 요구하는 시위로 대통령은 예민해져 있는 터였다. 우박은 흉조야, 흉조. 그것도 추수 전에 내리는 우박은! 저걸 어떻게든 다 없애야 해. 대통령은 윽박을 질렀다. 그러든 말든 우박은 계속 떨어졌다. 없애! 명령이 떨어졌으니 없애야 했다. 방구석 연구소가 차려졌고, 청와대 곳곳을 굴러다니던 우박은 수거되어 왔다.

"이것이 뭔 것 같나?"

처음 연구소의 멤버는 단 세 명으로, 유학까지 다녀온 과학자들이었다. 그들은 우박을 자르고 삶고 뜯어보았다. 삼 일간 정오에만 한 차례씩 떨어졌던 우박은, 21일부터는 폭격이라도 하듯 시도 때도 없이 떨어졌다. 과학자들은 우박을 '외계 생명체'로 결론 내렸다. 현존하는 어떠한 물질과도 성분이 일치하지 않는다는 것이 이유였으나, 실상은 윗분들이 가장 덜 찜찜해하면서도 빨리 우박을 집단 처분해버리고 집에 돌아갈 수 있는 결론을 내린 것이었다. 과학자들은 과연 엘리트들이었다. 그들의 예상은 적중했다. 보고를 들은 대통령은 눈을 끔뻑이더니 되물었다.

"그래서, 외계 생명체가 뭔데 그래."

쏟아지는 것이 북에서 발명한 핵폭탄도 아니고, 자연재해도 아니고, 영적인 현상과도 관련 없음을 알게 된 대통령은 마음을 놓았다. 연구소에는 또 다른 명령이 떨어졌다. '최대한 빨리, 청와대를 정상으로 돌릴 것.' 떨어지는 것을 막을 방법은 없었다. 그러니 치우기라도 해야 했다.

처음에는 쓰레기처럼 봉지에 넣어서 파묻었다고 했다. 그러나 '외계 우박'은, 아무리 깊게 파묻어도 비닐과 땅을 뚫고 다시 청와대 곳곳을 뛰어다녔다. 태워도 타지 않았고, 자르고 분쇄해도 원래의 모습으로 되살아났다.

사태가 시작되고 나흘째, 연구소는 외계 우박의 생명 반응을 멈추게 하는 약을 만들어냈다. 위에서 쪼면, 그것도 내 손톱 아래 전기를 흘려 넣는 일쯤 강아지 발톱 깎는 것보다 쉽게 할 수 있는 위에서 쪼면, 그쯤의 성과는 낼 수 있게 되는 모양이다. 하지만 외계 우박은 그때쯤 수천 개가 쌓여 있었다. 약을 주사하고, 계속 떨어지는 우주 우박을 회수할 인력이 필요했다.

그래서 내가 지금, 여기에 끌려와 있는 거다.

나는 내 손바닥 안에 달라붙어 꼼지락거리는 우주 우박에게 주사를 찔렀다. 작은 점 같은 눈이, 순간 내 얼굴을 향해 움직인 것만 같았다. 주사의 침이 안쪽으로 파고들어 오자, 우주 우박은 몸부림쳤다. 내 손바닥 안쪽을 데굴데굴 굴렀다. 여기까지는 내가 죽여 온 우주 우박과 같았다. 이것들은 이상하게도 사람을 잘 따랐다. 사람의 체온을 좋아하는 건지, 집어 들면 마구 비벼오는 거였다. 가끔은 애교를 부리는 새끼 쥐가 이럴까 생각될 정도였다.

나는 주사기 끝을 꾹 눌렀다. 주사기에 들어차 있던 붉은 용액이, 우주 우박의 안에 빨려 들어갔다. 반투명한 우주 우박의 몸이 붉게 변해갔다. 용액이 우주 우박의 몸을 절반쯤 채웠을 때, 우주 우박은 파르르 몸을 떨었다. 내 손바닥에 길게 몸을 부비는 우주 우박의 점 같은 눈에서, 파란 물이 또르륵 떨어졌다. 그게 꼭, 눈물처럼 보였다. 나는 주사를 마저 눌렀다. 우주 우박은 더이상 움직이지 않게 되었다. 나는 빨간 액체로 가득 찬 우주 우박을 '처리 완료' 상자에 집어넣었다. 왜인지 던지고 싶지가 않아서 살포시 맨 위에 올려 두었다. 다음 우주 우박을 집어 들기 전에 슬쩍 보니, 내 손바닥 안에 파란 물이 염료처럼 물들어 있었다. 더이상 주사를 놓고 싶지가 않았다. 나는 상자를 집어 들고 외쳤다.

"상자 버리고 오겠습니다."

그러자 내 맞은편에 서 있던 사람이 따라붙었다.

"같이 갑시다."

움직일 때는 언제나 이인 일조로. 연구소의 규칙이었다. 나를 따라나온 사람은 오십 대 남자로 원래는 요리사인데 달걀에 구멍을 기가 막히게 잘 뚫어서 척출되었다고 했다. 내가 아는 건 딱 거기까지였다. 상대가 나에 대해 아는 것도 그 이상은 아닐 터였다. 나와 남자는 우주 우박이 가득 찬 상자를 하나씩 들고 뒷산으로 향했다. 생명 활동을 멈춘 우주 우박은, 모두 뒷산에 파묻고 있었다. 아예 삽과 장갑을 그곳에 놓아두고 묻고 묻고 또 묻었다. 5월인데도 이상하게 후덥지근한 산길을 걸어, 상자를 내려놓았다. 남자는 상사 옆에 앉더니 담배를 꺼내 물었다.

"한 대만 피우고 하세나."

나는 담배를 피우지 않았다. 하지만 혼자 삽질을 하기는 싫어서, 삽을 내려놓고 멀뚱히 남자의 옆에 쪼그려 앉았다. 남자는 담배에 불을 붙여 깊게 빨았다.

"자네는 안 피우나? 한 대 줘?"

"담배 안 태웁니다."

"무슨 남자가 담배로 안 피워. 하긴, 너무 피우는 것보다는 낫겠네. 우리 아들놈은 골초야. 하루에 세 갑씩 피운다니깐. 기자 월급 얼마 되지도 않는 거, 그거 다 담배에 꼬라박게 생겼어."

"아들이 기자시군요."

나는 '기자 월급'을 말할 때 남자의 얼굴에 떠오른 뿌듯함을 보았고, 그건 어디서 아들이 공무원이다, 하고 말할 때 나의 아버지의 얼굴하고 너무 똑같았고, 그래서 남자의 은근한 자랑에 맞장구쯤은 쳐주기로 마음먹었다.

"맞아. 이름 좀 대면 아는 곳이지. 데모 터지고 할 때마다 불안해 죽겠어. 취재 나갔다가 돌 맞을까 봐. 데모 그거 왜 하는지 몰라. 좋은 대학 나와서, 좋은 회사 들어갔으면 그저 열심히 일하면 될 일이지. 우리 대통령 각하가 나라 경제를 탄탄하게 만들려고 얼마나 고생을 하시는데. 안 그래?"

남자는 끌끌 혀를 차고 카악, 침을 뱉었다. 잠시간 말없이 담배를 빨더니, 내게 불쑥 물었다.

"그런데 자네는, 고향은 어디야?"

"전 서울 토박이입니다."

"그래? 엘리트네. 나는 저 부산하고, 저 광주하고 짬뽕이야. 반씩 살다가 서른 넘어 서울에 왔지. 지금 부모님은 광주에 계시고."

"아버님하고 어머님이 정말 사랑하셨나 봅니다."

"그렇지? 그런데 그 뭐냐……. 며칠 전부터 말이지. 전화가……."

"전화요?"

남자는 갑자기 입을 다물고 산 아래를 지긋이 바라보았다. 나는 옆에 놓아둔 상자를 봤다. 어쩐지 상자 가장 위에 놓인 우주 우박이, 움직인 것만 같았다. 내 손바닥에 얼룩을 남겼던 그 우주 우박이.

"전화가 안 되네. 안부를 물으려고 전화를 했는데…….
아예 연결이 안 돼. 우리 애 말이, 지금 거기에, 거기에 무언가가 있다는데. 무언가가…….."

"무언가요?"

남자는 다시 입을 다물었다. 담배 연기만 계속해서 뿜어올랐다. 나는 자리에서 일어나 삽을 들었다. 땅을 파기 시작했다. 내가 땅을 파는 동안에도, 남자는 계속해서 산 아래만 내려다보고 있었다.

"이거, 오늘은 안 쏟아지려나."

남자가 담배를 발로 비벼 끄며 중얼거렸다.

"이게 쏟아진 날부터인 것 같아."

"뭐가요?"

"우리 아들놈이 부산스러워진 게."

"이거 취재한대요? 아서라 그러세요. 잡혀갑니다."

"아니, 이게 아니라……. 그냥 좀."

불길해. 나는 끝을 흐리는 남자의 뒷말을 못 들은 척 다시 땅을 팠다. 남자도 일어나 땅을 파기 시작했다. 아주 깊이 팠다. 땅을 다 파고, 남자가 상자를 들어 올렸다. 남자는 상자를 든 채, 쌓인 우주 우박을 내려다보았다.

 "로즈 발렌타인. 이거 가끔 피 같아 보여서 섬뜩해."

 "이름은 참 예쁜데 말이에요."

 "이거 이름, 내가 붙인 거야."

 나는 약간 놀랐다. 오십 대 아저씨가 붙인 이름일 줄이
야. 남자는 상자 안에 쌓인 우주 우박을 구덩이에 던져 넣
었다. 동그랗고 빨간 우박들이 우르르, 깊은 바닥으로 떨
어져 내려갔다. 남자의 말 때문일까. 순간 그것이 피로 물
든 한겨울의 눈처럼 보였다. 5월에 눈이 내릴 리가 없는데
도, 어쩐지 하얗고 시린 눈이 떠올랐다.

 "가엾잖아. 이게 진짜 외계에서 온 건지, 아니면 뭐 알려
지지 않은 새나 벌레 같은 건지. 정체가 뭐든 이거 살아 있
는 거라며. 생명 반응이 있다는 게 그 뜻이잖아? 그거를,
뭔지 좀 더 알아보고 왜 갑자기 나타났는지 조사도 좀 해
보고, 어떻게 원래 있던 곳으로 돌아가게 해 줄지 방법 찾
아주고 하면 좀 좋아. 뭐 이렇게 푹푹 죽일 일이야. 죽이기
를……. 이름도 없는 약에 죽는 건 더 가여운 것 같아서, 적
당히 붙인 거야."

 남자는 구덩이 안을 내려다보았다. 혼잣말인 듯 중얼거
리는 남자의 뒤통수가 어쩐지 울고 있는 듯이 보였다.

"오월이니깐, 장미꽃 피는 오월이니깐 로즈. 다음 생에는 예쁜 꽃으로 태어나라고. 자네 알아? 원래 꽃이, 시체 묻힌 데에서 제일 예쁘게 피어. 억울하게 죽은 시체일수록 그렇다 했어. 억울함을 양분으로 먹고 자라는 거지. 그래서 옛날에 어른들이, 무덤가에 핀 꽃은 꺾는 거 아니라 했었어. 꽃 다 피고, 열매 맺을 때까지 놔둬야 그 한이 사라진다고."

희박했던 확률이 진실이었다. 나는 손바닥에 남은 파란 얼룩을 들여다보았다. 순간 퉁, 구덩이 안에서 무언가 튀어 올랐다. 우주 우박이었다. 튀어 오른 우주 우박은 내 손등에 올라앉았다. 숨겨 달라는 듯이, 손등 위를 꼬물락 꼬물락 돌아다녔다. 우주 우박 안에 차 있던 로즈 발렌타인의 붉은 빛이 아주 약간, 희석된 듯 보였다.

'설마 해독이 된 건가?'

나는 우주 우박을 슬그머니 소매 끝으로 밀어 넣었다. 그러다 옆을 봤다. 남자가 내 손끝을, 우주 우박을 숨기는 것을 지긋이 바라보고 있었다. 나는 차마 남자와 눈을 마주치지 못했다. 남자는 묵묵히 다른 한 상자를 마저 구덩이에 쏟아 넣고, 떠 놓았던 흙은 퍼 메웠다. 그 사이 나는 우주 우박을 주머니 안으로 살며시 옮겨 넣었다. 주머니 안에서 그 작은 것이 통통, 뛰었다.

"내려가지."

남자는 앞서 뒤돌아섰다. 나는 주머니 안, 우주 우박의 생명을 느끼며 남자의 뒤를 따라나섰다. 나와 남자는 빈 상자를 하나씩 들고 왔던 길을 걸어 내려갔다.

"그런데요. 로즈는 알겠는데, 발렌타인은 뭡니까?"

"그거? 그거는 뭐……. 자네, 알아? 잘 나가는 기자가 되면 말이지. 새해에 높으신 분들 초대를 받는다 하더라고. 우리 아들놈 선배가, 작년에 초대를 받았단 말이야. 거기서 뭘 선물로 받아왔는지 알아?"

남자는 잠깐 나를 뒤돌아보며, 히죽 웃었다.

"발렌타인 30년 산! 이번에는 우리 아들도 그런 것 좀 받게 해주십사, 기원하는 셈 붙인 거야. 외계에서 온 것이니, 그 정도 영험함은 있지 않겠어."

남자의 웃음에서는 진득한 피 냄새가 났다. 왜인지 그랬다. 나는 남자에게 묻고 싶었다. 무덤가의 꽃은 꺾는 게 아니라면서요, 라고. 그러나 남자는 내가 입을 떼기도 전에 휘적휘적 길을 걸어 내려갔고, 나도 그 뒤를 따랐다. 나와 남자는 다시 연구소에 들어가 주사기를 들었고, 로즈 발렌타인을 주사했고, 다시 그 이상의 것을 알 필요 없는 사이가 되었다.

우주 우박은 5월이 끝나도록 내내 내렸다. 나는 5월이 끝나도록 집에 돌아가지 못했고, 뉴스도 못 봤고, 그래서 밖에서 무슨 일이 일어나는지도 몰랐는데, 어디에선가 간첩이 내려와 폭동을 일으켰다는 소식만 흘려들었다. 남자도 그 이상을 듣지 못했을 것이다. 남자는 시간이 날 때마다 늘 전화를 걸었는데, 전화를 받아야 할 상대가 통 받지 않는지 전화기를 붙잡고 울고 있을 때가 종종 있었다. 나는 그 모습을 몇 번 봤고, 그때마다 남자에게 말을 걸까 하다 그만두었다.

그 동안 살아남은 단 하나의 우주 우박은 내 주머니 안에서 계속해서 깡충깡충 뛰었다. 나는 그 움직임을 느낄 때면 창밖을 봤다. 5월의 장미꽃과 피 같던 구덩이를 떠올리며, 죽어가는 것을 향한 동정과 죽어가는 것을 이용한 욕심의 표현이 동시에 담긴 그 이름을 중얼거려 보곤 했다.

로즈 발렌타인.

비밀로 남아야만 하는 그 이름을.

우리는 서로에게 어쩌면

전소영

문학평론가

도착을 미루며 우리는

부디 잊은 것이 없는지 살피시길. 종점이 가까워졌으니. 우리는 이제 상상의 부력에 내맡겨졌던 시간에서 내려와 각자 몫의 하루로 돌아갈 것이다. 다섯 편의 소설을 통과해온 이 길의 끝에서 당신의 마음이 즐거움으로 매끈해질지 허전함에 쏠리게 될지 나는 알 수 없다. 다만 지금껏 경유해온 이야기들을 곧장 망각 안에 접어 넣는 것이, 혹시 당신에게도 조금 아쉬운 일이라면 여기서 잠시 헤어짐을 미루기로 하자.

일상에 발을 묶어두는 조건들로부터 벗어나 낯선 곳으

로 향하는 여행은 언제나 매혹적이다. 그런 곳으로 떠나는 날엔 아무래도 각자의 생활과는 다른 차원의 무엇을 만나리라 기대하게 된다. 그러나 막상 거기 다다라 맞닥뜨리는 것은 나의 것과 분명 다르면서도 또 전혀 다르다고 할 수 없는 풍경일 때가 많다. 이질적이어서 신선한, 그럼에도 내 것과 미묘하게 겹쳐져 허탈감과 안도감을 주는 타인의 삶. 여행이 우리에게 남기는 잔상 긴 섬광은, 교훈을 주기 위해 작심한 상대가 아니라 이 어긋남과 포개짐 사이에서 우연히 터져 나오곤 했다.

범유진의 책을 읽는 일은 그런 여행과 닮아 있다. 현실의 중력 바깥에 있는 미지의 존재—라면 얼굴, 날개 달린 개, 외계 우박 등이 자유자재로 출몰하는 소설들 안에서 가장 먼저 눈길을 사로잡는 것은 분명 낯설고 기이한 환상이다. 그러나 그것은 우리의 시선을 끈 풀린 풍선처럼 지상에서 영영 멀어지게 만들기 위해 고안된 것이 아니다.

작가가 만든 상상 발생 장치는 어디까지나 현실과의 접촉면에서 작동하면서, 너무 익숙해진 탓에 잊혀왔던 삶의 미세한 균열들을 다시 발견할 만한 거리 바깥으로 우리를 떠나게 한다. 그래서 우리는 청량한 환상에 먼지 주의를 빼앗겼다가 그것이 걷힌 후 남은 찬 그림자 속에서 마음을 여밀 수밖에 없게 된다. 당신이 일순이라도 그런 머뭇거림 안에 놓였다면, 우리 지난 여행의 궤적을 되짚으며 이런 이야기를 나눠보기로 하자.

무해한 존재로 남을 수 있을까

한 존재가 다른 존재에게 가하는 폭력은 예상보다 더 사소한 형태로, 더 가혹한 강도로 빈발할 수 있다. 더군다나 악한 이와 선량한 이의 구분선은 뚜렷하지 않아서 누구나 부지불식간에 다른 이에게 유해한 존재가 될지 모른다. 이런 사실은 쓸쓸함 속에서 지난날을 돌이키게 한다. 나의 무뎌진 눈과 가감 없는 행동이 누군가에게 해가 되었던 것은 아닐까. 우리가 함께하는 나날을 훼손하지 않도록 나는 얼마나 더 눈 밝은 사람이 되어야 할까. 환상 안에 진실을 감춰둔 세 편의 소설이 전해준 생각들이다.

「라면인간 실험 보고서」를 먼저 되짚어보자. 사람의 얼굴이 라면으로 변하는 이색 사건이 우리를 맞는다. 예술가를 희망하지만 계약직 관광 사진사로 살고 있는 수혁은, 꿈과 무관한 일상을 터벅터벅 걷고 있는 지극히 평범한 사람이다. 그런 그가 주변인들의 얼굴을 라면으로 보기 시작했고 심지어 그 라면을 먹는 순간 얼굴의 주인은 세상에서 지워졌다.

이 사실도 당혹스럽기 그지없는 것이었지만, 진짜 섬뜩함은 이후의 시간에 몸집을 부풀려갔다. 혹여 자신이 누군가를 해칠까 봐 두려워하던 수혁이 점차 라면을 계획적으로 이용했기 때문이다. 자잘한 복수의 수단으로, 혹은 출세의 탐욕을 채우기 위해 그는 타인의 라면-얼굴을 먹어치웠다. 그때 그가 느끼는 "쾌감"과 "기름으로 붉게 번들거"리는 입술은 생존을 위해서가 아니라 유희를 위해 생명을 해치는 맹수의 그것처럼도 보인다.

수혁 씨에게는 새로운 습관이 생겼다. 수혁 씨는 라면을 끓이기 전, 냄비 물을 보며 지긋이 상대의 얼굴을 떠올렸다. 그 사람이 수혁 씨에게 했던 기분 나쁜 말과 행동을 되살렸다. 라면이 끓기 시작하면 수혁 씨는 사대의 얼굴을 마구 때리는 상상을 하며 카메라 셔터를 눌렀다. 찰칵. 찰칵. 셔터 소리가 울릴 때마다 쾌감이 몰려왔다.

라면으로 변한 것은 하필 왜 얼굴이었을까. 다시 말해

누군가의 얼굴이 얼굴로 여겨지지 않는다는 것은 어떤 의미일까. 얼굴은 우리가 서로를 마주하고 파악할 때 가장 먼저 바라보는 신체 기관이다. 상대의 이목구비가 매 순간 상연하는 표정을 통해 우리는 그의 생각과 감정의 일부를 엿본다. 반대로 저마다의 얼굴이 가려져 있다면, 관계는 더 느슨해지고 나와 타인 사이에서 작동하는 도덕마저 희미해질 것이다. 수혁의 가파른 변모가 이 냉혹한 짐작을 확인시켜준다.

그가 더는 지인의 얼굴을 보지 못하게 되었을 때, 사람을 소멸시키는 일이 라면 먹는 일과 다를 바 없어졌을 때, 그의 본성 깊은 곳에 내장되었던 폭력성이 거침없이 터져나왔던 것을 우리는 기억하고 있다. 수혁에게 타인은 점차 '너'가 아닌 '그것'이 되어갔다. 결국엔 인간의 얼굴을 지닌 연인마저 없애기로 그가 가볍게 마음을 먹었으니 말이다.

이 폭주는 다행히 '우주 라면 권익 위원회'의 일원이 등장하면서 무마된다. 내막이라면 이러하였다. 매우 섬세한 우주 생물인 라면이, 인간의 '라면 먹을 권리'를 결정하기 위해 몇몇 지구인들을 특정 실험 안으로 불러들였던 것이다. "라면의 얼굴을 한 사람들. 먹음직한 그들을 해치지만 않으면 테스트는 통과"였다. 그러나 수혁은 시험에 낙제

했고 이 실험을 끝으로 라면은 지구에서, 인간의 기억에서 영원히 철수한다.

우리의 일상과 떼려야 뗄 수 없게 된 라면에 "델리케이트"한 생물의 속성을 부여하고, 라면이 인간을 시험에 들게 한다고 전제하는 소설의 설정은 더없이 흥미진진하다. 다만 그 발랄한 상상은 얼마든지 섬뜩하질 수 있는 인간의 민낯을 드러내기 위해 동원된 것이어서 날 선 서늘함을 품고 있다.

사소한 계기로 지독하고 음험한 본성의 고삐가 풀려버린 평범한 인간의 이야기 앞에서 우리는 이런 의문을 피할 수 없을 것 같다. 한 사람은 다른 사람에게 내내, 그리고 영영 해를 끼치지 않는 존재라고 단정하거나 안심할 수 있을까. 그저 얼굴을 보지 못하게 되기만 해도 얇은 윤리의 장막을 뚫고 나올 수 있는 것이 인간 안에 매복해 있는 폭력의 본질인 것일까. 이 뼈아픈 물음의 실을 따라가면 닿게 되는 또 하나의 소설이 바로 「불러줘」이다.

「라면인간 실험 보고서」가 가해 행위에 초점을 맞춰 폭력에 쉽게 물들어가는 인간의 내부를 드러냈다면, 「불러줘」의 경우 피해를 당한 인물의 참담하게 일렁이는 마음

세계를 그려내는 소설이다. 분식집, 요가 학원, 호프집 아르바이트로 바쁘게 생활을 꾸려내는 도현의 귓가에 어느 순간부터 그녀를 부르는 소리가 미치지 않게 된다. 대답 없는 도현에게 항의하는 사람이 늘어나면서 그녀는 정신 상담소까지 방문하지만 이유는 뜻밖에도 간단했다. 타인으로부터 강요된 이름들 때문이었다.

한 사람이 무엇으로 명명되는가는 그의 정체성 문제와도 맞닿아 있다. 우리는 자신이 누구인지 결정할 권리를 지니고 태어나지만, 그에 못지않게 우리를 부르는 많은 호칭으로 정의 내려진다. 바꿔 말하자면 만일 한 사람이 사려 깊지 못하게 누군가를 특정 이름 안에 가둘 때 그 이름은 투명한 사슬이 되어 그의 삶을 옭아맬 수 있는 것이다. 도현이 바로 그런 상황에 부대끼고 있었다.

적어놓은 호칭을 하나씩 살펴보았다. 상담사가 했던 말도 종이 가장 아래 적어보았다. 「뭐로 불렸을 때 가장 나를 불러주는구나 싶은가.」

아줌마, 선생님, 현아, 누나, 딸내미. 손님과 수강생, 연인과 가족이 지어낸 이 호칭들에서 도현에 대한 예의라곤 찾아볼 수 없다. 그런데도 그렇게 불림으로써 그녀는 상대의 끝없는 불평과 막무가내의 요구에 포박당해야만 했다. 도현이 더이상 호칭들을 듣지 못하게 된 것은 상처받은 그녀의 내면이 자기 보호를 위해 선택한 최후의 수단이었을지 모른다.

얼굴이 시각적으로 타인과 가장 먼저 만나는 면이라면, 청각적 만남의 첫 번째 매개는 이름일 것이다. 옮긴 두 편의 소설은 이렇게, 한 존재와 다른 존재의 접속면에서 발생할 수 있는 미세하고 은밀한 폭력에 대해 들려준다. 짧은 외면과 조각난 말조차 누군가에게 무수한 생채기를 낼 수 있다는 사실은 왜 예사롭게 잊힐까. 폭력에 관한 가장 미덥지 않은 판단은, 강도 높은 행위만이 타인을 상하게 할 것이라는 속단일 지도 모른다.

마음이 남긴 자국 안에 마음을 겹칠 수 있다면

이제 「날개, 날다」 쪽으로 걸음을 옮겨볼까. 폭력에 관한 사유를 인류 바깥으로도 확장해가는 이 소설에서 H의 삶은 무례를 넘어 무참하기까지 한 타인의 시선과 말에 포위되어 있다. 부모를 일찍 여의고 홀로 살아온 그녀는 자신이 선택할 수 없었던 삶의 조건들 때문에 줄곧 과오도 없이 비난을 받아야 했다. 이따금 서러움이 목에 이물감을 남긴 날엔 날개 달린 개들을 떠올렸다. 그런데 날개 달린 개라니.

문득 출몰한 이 새로운 존재의 열풍에 세계가 금세 점령되었다. 과시적 욕망의 전쟁터인 소셜 미디어에서는 더 나은 날개의 소유 여부가 삶의 승패를 결정지었고 패자를 위해 고안된 애완견 성형 시술이나 비싼 장신구 구매 경쟁에도 불이 지펴졌다. 하지만 날개 발생의 원인을 따져 묻거나 날개 없는 개들의 유기에 관심을 두는 사람은 소수에 불과했다.

연구에 따르면 날개는, 개들이 인간의 학대를 피하려 몸부림치다 얻게 된 고통의 결정체였다. 폭행 장면이 작중에 묘사된 것은 아니지만 우후죽순 늘어나는 날개가 폭력의 세기와 빈도를 짐작하게 한다. 그래서 H는 이들의 운명에 자신의 것을 종종 덧놓았고 양쪽의 사연은 서사 진행 과정에서 내내 같이 울리며 나지막하고 슬픈 화음을 만들어낸다.

가뜩이나 버거운 그녀의 나날이 출구 없는 곤란 속에 가

두어진 것은 날개 동영상의 유포자인 K와 얽히면서부터였다. 결핍된 삶의 분노를 폭력으로 표출하는 K에게 개들이나 H는 매한가지로 만만한 약자일 뿐이었다. 폭주하는 그의 스토킹으로 그녀의 생은 끝내 낭떠러지에 내몰린다. 그런데 둘의 대치 순간, H의 등에서 날개가 돋아난 것이다.

등뼈가 간질거렸다. H가 습관처럼 등 뒤로 손을 돌린 순간, H의 몸이 불쑥 위로 치솟아 올랐다. 아주 작은 상자에 들어갔다 나온 듯 몸의 뼈마디가 뻐근해졌다. H는 몸이 분해되었다가 조립되는 듯한 감각을 느꼈다. (…) '날개'들은 새로이 맞이한 이의 날개 주변을 둘러싸고 춤을 추었다. 춤을 추며 다시 대열을 맞추어 날았다.

갈 곳은 없지만 갈 수 있는 곳은 어디든 있었다.

공기처럼 상쾌하게 솟구치는 그녀의 마지막 모습을 바라보고 있으면 잠시 홀가분해지다가 그보다 더 오래 외로워진다. H는 언젠가 안전한 땅에 발을 붙일 수 있을까. 선명한 답이 떠오르지 않는 이 질문이, 때로 날개가 필요할 만큼 혹독해지는 현실의 문제들에 관해 생각하게 하기 때문이다. 다만 그녀가 혼자가 아니라 자신을 닮은 무수한 존재들과 동행하게 되었다는 사실만은 어떤 온기로 소설의 말미에 남는다.

어쩌면 이 세상에 괴로운 존재가 나 혼자만은 아닐 것이라는 동질감이 그들을 서로에게 이끌었던 것은 아닐까. 그렇다면 함께 하는 비행의 경로를 유전자에 새긴 철새처럼, 그들은 세상의 끝에 이를 때까지 서로의 곁을 지켜줄 것이다. 이 기대를 「자리 찾기 시간」의 결말과 이어보면 좋을 것 같다.

「자리 찾기 시간」에 이르러서도 우리는, 어깨를 짓누르는 현실 안에서 한껏 웅크린 사람의 그늘진 마음을 만나게 된다. 주인공 은혜는 통증이 한계를 넘겨 감각조차 되지 않는 고된 노동 조건을 견디며 살아가는 중이다. 그러나 그녀의 진짜 슬픔은, 버석해진 삶의 고단함보다 그것을 연인인 한에게조차 털어놓을 수 없다는 사실로부터 배어 나온다.

도무지 외면할 수 없었던 기억의 한 장면이 입술을 앙다물게 했기 때문이다. 어린 시절 은혜는 무책임한 아버지와 아들을 편애하는 어머니로 인해 두터운 외로움 속에 방치되었는데 그런 그녀를 관심 안으로 초대한 타인은 단 한

명, 진희 뿐이었다. 진희는 늘 감정 실린 말들을 새겨들어주는 것으로 고요하고 다감한 위로를 건네곤 했다. 그러나 그녀 쪽에서 딱 한 번 절실히 대화를 원했을 때 은혜는 그 부탁을 외면하고 말았던 것이다.

진희가 떠나고 나서야 은혜는 찰나의 미숙함이 둘 사이의 우정을 깊이 베었음을 깨닫는다. 그 후 누구의 곁에도 자신의 자리를 만들지 않기로 한 것은 그녀만의 속죄 방식이었다. 그런데 한이 나타났다. 상실과 폭력의 경험을 지닌 그는, 자신의 흉터를 레이더 삼아 연인의 상처를 삼지하려 애썼고 그 두드림에 은혜의 가슴에서도 간지러운 동요가 인다. 그리고 예기치 않은 형태로 옛 사과를 쏟아낼 수 있었던 날 은혜는 변화의 조짐 속으로 발을 내딛는다.

은혜는 현관에 서서 한이 남기고 간 붉은 자국을 봤다. 의자와도 같은 둥그런 자국. 은혜는 자국 안에 앉았다. 은혜의 반지하 방 창밖으로 사람들의 발소리와 배달 오토바이의 엔진 소리와 반대편 건물의 벽에서 반사되어 들어온 빛과 그림자들이 시간의 궤적을 새겨내는 내내, 앉아 있었다. 주머니 속 핸드폰이 몇 번이고 요란한 진동을 울렸지만, 그것은 은혜의 안 어디에도 닿지 못했다. 은혜는 그저 목마른 페페로미아 화

분처럼 한이 남기고 간 물기를 빨아들였다. 붉은 문을 바라보
며 천천히.

둥그런 자국 안에서 자리를 만들어갔다.

그녀는 한이 집에 남기고 간 자국을 바라보다가 그 안에
들어가 앉는다. 저 자신도 상처를 품고 살아가는 선한 인
간이 움츠러든 다른 이의 등에 가만히 손을 얹을 때 만들
어지는 부드러운 교감의 웅덩이. 거기 마음을 적시는 은혜
의 모습은, 그녀에게도 안락한 '자리'가 생겨나게 되리라는
애틋한 예감 안으로 우리를 이끈다.

소설은 결국 진희와 은혜, 은혜와 한 사이의 완전한 이
어짐을 보여주지 않은 채로 끝이 나지만 우리에게 연약하
면서도 부서지지 않는 희망 한 줌을 쥐여준다. 우리는 무
수한 관계 안에서 실패를 경험해왔고 또 경험해야만 할 것
이다. 다만 상처투성이가 된 후에도 남은 시간을 계속 걸
어가야만 하는 것이 곧 삶이라면 이런 마음들을 떠올리며
부서지는 감정을 추스를 수 있지 않을까.

누군가 쏟아내는 울음을 듣기 위해 자신의 울음을 참아
내는 마음, 내가 외면했던 누군가의 마음에 언제고 사과하
려는 마음, 나만큼 누군가도 고통받을 수 있음을 헤아려보

는 마음. 이상하게도 결정적인 순간에 우리를 움직이게 한 것은 언제나, 거대하고 두려운 세상을 바꾸기에는 턱없을지도 모르는 이 조그만 마음들이었다.

재회를 기약하며 우리는

「비밀로 남아야 하는 이름」이 마지막으로 들려주는 것처럼, 우리에게 서로는 영원히 미지의 존재이다. 1980년 5월의 어느 날 청와대 지붕에 정체 모를 존재들이 쏟아져 내린다. 이들은 산소로 호흡하는 생명체였지만 당대 권력은 별다른 고민 없이 그 사실을 은폐하고 제거 명령을 내린다. 붉은 약물에 물든 채 속절없이 사라지는 그들의 모습에서, 억압적 권력에 맞서며 져버린 사람들의 비극이 아른거린다.

민주화 항쟁의 역사적 현장이 '외계 우박'의 살처분이라는 독특한 사건의 뒤편에서 간접적으로 기척을 내는 이 소설은 타자의 고통과 그것을 바라보는 사람들의 마음을 클로즈업해낸다. 우박에게 약물을 주사하는 '나'는 동료와 대화를 나누다가 인간의 마음에서 피어오르는 모순적인 감정들, "죽어가는 것을 향한 동정과 죽어가는 것을 이용한 욕심"을 맞닥뜨린다. 고통받는 타자에 대한 연민과 무책임 사이에서 진동하는 그 마음이, 단지 '나'나 동료만의 것이라 할 수는 없을 것이다.

우리에게 서로는 알 수 없는 대상이다. 그리하여 온전한 이해도, 완전한 관계도 언제나 불가능 쪽으로 좀 더 기울어져 있는 듯 보인다. 그렇다면 우리는 어찌해야 하나. 이 세계를 구성하는 존재가 실은 모두 이어져 있음을 잊지 않기 위해, 누군가의 고통과 눈물을 놓치지 않기 위해 무엇을 해야 할까. 오래 고민해도 답이 찾아질 것 같지 않은 이 질문을 각자의 삶으로 가져가며 이제 우리는 헤어질 예정이다.

다만 살아가는 일이 철저히 홀로될 수 없음을 의미한다면, 불안을 감수하면서 미지의 누군가를 마주할 작은 용기가 우리로 하여금 남은 시간을 다시 걸어가게 할 것이다. 적어도 이 책에서 만난 우리가 이제 연결되어 있음을 나는 안다. 그러니 이 앎이 흐려질 어느 날 다시 만날 수 있기를. 또 다른 여행의 출발점에서 눈인사를 주고받으며.

좋은 기회가 닿아 소설집을 내게 되었습니다. 여기에 실린 단편들은 다시 글을 쓰자고 마음먹은 후, 조금씩 다듬어 나간 것들입니다. 서툴러도 애정을 가진 글들이기에, 읽는 동안 즐거우셨기를 바랍니다.

1. 자리 찾기 시간

언제나 있을 자리를 찾지 못해 헤매고 있는 듯 느끼곤 합니다. 누구든 자신의 자리를 찾았으면 좋겠습니다.

2. 불러줘

어른이 될수록 이름으로 불리는 일이 줄어든다는 것을 어릴 때에는 몰랐습니다.

3. 날개, 날다

마무리 장면을 몇 번이고 고쳤던 글입니다. 저는 날개를 따라 날개가 된 여자가 행복해졌다고 믿습니다. 어디에서 든, 핍박받는 존재를 위해 날아 내려올 날개가 이 세상 어디엔가 있다는 것도.

4. 라면인간 실험 보고서

사람은 먹습니다. 먹어야 삽니다. 가끔 생각합니다. 자의든 타의든 누군가에게 먹힌다면, 먹는 쪽이 밥값은 하는 인간이기를 바라지 않을까, 하고 말입니다.

5. 비밀로 남아야만 하는 이름

브릿G사이트에서 개최했던 소일장에 참여했던 작품입니다. 첫 문장이 주어지는 소일장이었지만, 소설집에 싣는 과정에서는 그 문장은 없애고 상당 부분 고쳤습니다. 그래도 이 작품이 탄생할 수 있었던 건 소일장 덕분이었습니다. 감사합니다.

이 작품들을 한 자리에 묶을 수 있게 해주신 경기문화재단에, 그리고 청색종이 출판사에 감사합니다. 글을 읽고 쓰는 우리는 어디서든 다시 만날 것을 믿습니다. 그때까지 안녕히 계세요.

경驚.기記.문文.학學 37

자리 찾기 시간

범유진 소설집

초판 1쇄 발행 2020년 9월 15일

지은이   범유진
펴낸이   김태형
펴낸곳   청색종이
등록   2015년 4월 23일 제374-2015-000043호
주소   서울시 영등포구 문래동2가 14-15
전화   010-4327-3810
팩스   02-6280-5813
이메일   theotherk@gmail.com

ⓒ 범유진, 2020

ISBN 979-11-89176-37-2   03810

이 도서의 국립중앙도서관 출판예정도서목록(CIP)은 서지정보유통지원시스템 홈페이지(http://seoji.nl.go.kr)와 국가자료공동목록시스템(http://www.nl.go.kr/kolisnet)에서 이용하실 수 있습니다.(CIP제어번호: CIP2020036248)

이 도서는 경기도, 경기문화재단의 문예진흥기금으로 발간되었습니다. 저작권법에 따라 보호받는 저작물이므로 저작권자와 출판사의 허락 없이 복제하거나 다른 용도로 사용할 수 없습니다.

값 8,000원